ダイバダッタ

唐十郎

幻戯書房

目次

小説

随筆

編集・構成・装丁　久米泰弘

ダイバダッタ　唐十郎

ＤＴＰ　アルファヴィル
組版設計　大竹康寛

小説

ダイバダッタ

おぼろげに目を覚ますと、松葉杖でドアを蹴る音がして、ダイバは、ゴムのゆるんだパンツを引き上げて起きた。ノブを摑む親指の爪は黒ずみ、力を入れると、微《かす》かにふるえる。ドアの向うに「涙次穴《ルイジアナ》か」と聞き、「お前一人か」とも念を押す。もう夜中の四時で、隣室で暮らす涙次穴が、今迄どこをふらつき回っていたのか気になる。

涙次穴は髪を赤く染めた、売れないバンドマンだが、電気ギター一丁では喰えないために、解体の土木作業を長らくやっていた。それも一週間前に、解体中の屋根から落ちて足を折り、ハンマーもギターも持てなくなっていた。買いものは、ダイバが引き受け、スーパーから注文どおりの物を買ってくるが、ついでに買った大根とハムを涙次穴は、苦笑して突っ返した。髪を染めた人間は大根おろしなどを喰わないというのが、わけの分らない理由で、ハムは、白人のギターマンが最も嫌う差し入れだという。それは、何の芸を見せようと、お前の未来は、しょせん肉の塊りという意味になるらしい。涙次穴は、青森八戸の出で、甲《カン》高い声で話す時に、唇をいつもすぼめる。その唇の形は、言葉をひねりだす肛門にみえた。

ドアを開けると、その唇が、不平をこめてすぼまった。

「俺一人で悪かったのかよ」

松葉杖を壁に立てかけ、尻を畳に下ろすと涙次穴はギプスの足をかばいながらチャブ台の所まできて、他人《ひと》の煙草《たばこ》を一本抜いた。こすった百円ライターの炎は高く伸び、長い赤髪の先をじじっと焼いた。

「見つけりゃ、連れてこれたんだがよ」

「連れてこいとは言ってない」

ダイバは、足の不自由な涙次穴に、人探しを依頼していた。解体の仕事を代りに引き受けてから一週間、松葉杖を突いて歩けるようになった涙次穴には、かねてより気になる人の住所を探し出すことを頼んだ。二つの駅を巡る共同住宅に狙いをつけ、松葉杖で歩ける程度の、ゆっくりとした探索でかまわないからと、さほど緊急を要しているわけでもない人探しを依頼していた。ダイバ自らも、いつか探すつもりだったが、時間は空いているのに、なぜか歩みだすことをためらった。他に目的もない涙次穴ならば、しらみつぶしにそれをやってのけるだろうと期待もあった。

代って受けた解体作業は、カニバサミと呼ばれるブルドーザーに砕かれる、木材や軽量鉄骨、壁や屋根を選り分け、ダンプに積み上げる力仕事であり、夏の直射と土ぼこりにまみれる原始労働の類いである。

以前に鉄材を扱っていたダイバにしてみれば、肩に喰いこむ古材の重さなどは、へこたれるものではないが、壊されて舞う壁の粉や、カニバサミでひしゃげる子供部屋、とっておきたいような美しい金隠しを眼前にすると、製作、製造に手を染めていた頃の神経は寸断されて、がれきの中で泣きそうな顔にもなる。

ぶっこわし屋としては失格だろう。空に舞うカニバサミを見上げると、自分は、そんなカニの泡のようなものでしかない。仕事を終えてから銭湯のタイルの上を、桶をみつけて横歩きしている時、あっと呟き、立ち止まってしまうこともあった。

赤髪の涙次穴は、少くともミュージシャンであるだけに、さらにセンチメンタルな心臓は傷ついたろう。そう想像することが、ダイバをその仕事につなぎとめる只《ただ》一つしんがり棒だった。

屋根の上から落ちたとしか涙次穴は言わなかったが、そこに立って、カニバサミのえじきとなる人形や、お婆ちゃんの残していった湯タンポに、感傷のメロディーを口ずさんだりしたのにちがいあるまいと、ダイバは同情している。

「今日の現場に、マルちゃん来てたか」

這って冷蔵庫の中に首を突っ込み、ウーロン茶をぴん飲みしていた涙次穴が振り返る。

「マルケサスの姿が昨日から見えないんで、社長から僕も聞かれたけど、知るわけもないしね」

「冷たいなあ」

涙次穴が屋根から落ちた時、病院まで送ったのは、そのマルケサスだった。救急車が来るまで待てと言った指示に耳かさず、廃材で添え木を作って、足に当て、マルケサスは、タクシーの通る広い通りまで涙次穴を背負った。

マルケサスはペルーから出かせぎに来た男だが、涙次穴の代りに現場に来たダイバを見て
「おお、フジモリ」と両手を広げた。

ダイバにそれと似たところはなく、苦笑しながらも嫌な気はしなかったが、休憩のジュースを買いに共にスーパーに行った時、小銭を拾ってくれたスーパーの主人にも、マルケサスはフジモリの名を連発した。

「あいつに俺さ、ロック鉱山のコンドルを頼んどいたんだよ。頼むと、あいつ、江戸っ子だあいと言うだろ。ことに今度は、命をかけて、それを引き受けると言ってくれたのはいいんだけど、心配だよな、休んで二日もいないってのは。どうものめりこみすぎてんじゃないかな、ロック鉱山の、その曲つくんので」

出稼ぎ人マルケサスは、日常会話はまだおぼつかないが、覚えた片言《かたこと》をトンチンカンに使ってよく人を笑わせた。飯代をもらって、ごっつあんですと覚えてきた一言を、喰い終ったホカホカ弁当の箱にも唱え、社長の奥さんが雨合羽を現場に届けに来てくれた日には、雨の中を走

って、奥さんの運転する車を追い、ごっつあんですと叫んだ。要領がよくもみえる愛嬌者だが、目を細めて解体してしまったガラクタを見渡す時など、「モッタイナイ」と呟いたりすると、光沢のあるインカ人の顔色に、哲人の風貌をみる気にもなった。壊される家を見に来た家人が一人いたが、マルケサスは、その老人に、自ら握っていたハンマーを渡し「あなたも一発」と言ったこともある。その余計な道くさを、社長はひどくたしなめたが、涙次穴は、そんなマルケサスの、ひょいとした脱線には参ってしまい、いつか未成の歌の、歌詞を作るようにと頼んでいた。

「ロック鉱山てのは、どこの山のことを言ってんだ」

歌の主題を耳にしたのは初めてで、ダイバは、ギプスの内側に指を入れ、ポリポリ掻《か》く涙次穴に問いかけてみた。

「廃坑さ」

「さしずめ、北海道の夕張みたいなのか」

夕張は閉ざした後、夕張メロンを作っている。

「そういう生活臭のあるもんでもないよ」

「鉱山で育ったことがあるわけじゃないのか」

「俺、八戸だぜ」

「鉱山に思い出があるんじゃないのに、よくそんな山の歌にうえるもんだな」

「歌って、お前、出身地のことしか歌えないのか」

歌がどう出来上るのかダイバには分らない。歌いたくなる衝動が、どこから沸き上るのか、歌っている人を見る度に分らなくなる。ダイバには、歌を歌っている人も、常にそうして遠のいていく。ギターを搔き鳴らす者は、むずがって泣いている赤ん坊のようにみえるのだ。そして、泣いている叫びの内容を聞きとることができない。

「お前には分んないんだよ。ミュージシャンの心は。目を見て分る。軽蔑してるもんな、俺の赤髪」

見破られたとおりだが、ダイバは、ぶっこわしのバイトと、ギターしかない涙次穴の境遇は軽蔑していない。

「だいたいから夕張にコンドルが飛んでるか。俺の歌いたいロック鉱山というのは、コンドルがひらひら飛んでいるような所なんだ」

「コンドルってのは、ひらひら飛んでいるのか」

「ひらひらって言ったのは悪いけど」

「ひらひら飛んでいるのは、糸の切れた凧だろ」

「お前だったら何て言う」

「悠然とだ」

「それちょっといいな。しかし、マルケサスには敵《かな》わんだろ」

死肉を求めて、コンドルが悠然と飛んでいる光景は、いかにも人の去ったロックの廃坑を鮮やかにさせる。が、その悠然とした羽の形は、マルケサスが間に入ると並になってしまう。どう出来るか分らないマルケサスの歌詞を、高く高く評価して、ダイバも涙次穴もしばらく、頭上の裸電球を見上げていた。

「そのコンドルが飛んでいるロックの鉱山は日本ではないな」

ペルーのどこかにありそうな、森林に包まれ隠された、インカの秘地でもあるような、そんな遠い風景を思い描いてみるが、ダイバはただ気が遠くなるだけだった。

「日本なんだよ」

と涙次穴は言った。

「日本にコンドルは飛ばないぞ」

「飛んでんだよ。ピーヒョロロと鳴いて」

「それはトンビだ」

ギプスの足を上げて、笑い、涙次穴は引っくり返った。

「マルケサスはそう言った」

と外に響くほどにガハハと笑った。

二日休んで、マルケサスが出かけて行ったロックの鉱山では、黒い大羽が空を旋空してピーヒョロロと鳴くと言う。休んだ初めの日に、電話をもらった涙次穴の耳には、マルケサスの報告はそうして伝わった。が二日目の電話はなく、コンドルともトンビともつかない妙な鳥を見上げているうちに、マルケサスは、想像もつかないロック鉱山の谷に踏み込み、割れめにはまったような気にもなる。ピーヒョロロで笑った声も、音信のない一日を振り返ると、限界にきて、三日めの朝の中に吸いこまれ、涙次穴は、あんぐりと開けた口のまま、不安になった。

「どこから電話くれたんだ」

「それ聞き忘れちゃった。ただ騒《うる》さいところで、トロッコみたいなのが走り回ってる音がしてたがなあ」

「とすれば、ロック鉱山だ」

「が、廃坑だぜ、俺の求めてる鉱山は」

　ピーヒョロロの下で、トロッコの回る光景を思い描きながら、二人は仰向けになり、長らく天井見上げる。歌詞を作るために、姿をくらましたマルケサスの身元が気になる。ペルーの出稼ぎ人は、渡航手続きにやや怪しいところがある。解体現場の中では、汗やほこりにまみれて、それがカムフラージュとなり、社長の後ろ盾がついているから、怪しまれるところがなかったが、目立つところでボンヤリしてれば、その筋に声をかけられることもあるだろう。

　電話のベルが鳴ったら、すぐにも取りにいくつもりで隣室のドアを開けに行き、涙次穴は、またダイバの部屋に這って戻った。

「朝飯つくってくれよ」

朝はまだ五時になったところだ。飯を求める時だけ甘ったるい声を出す弟分に、ダイバは立って、土方が喜びそうなこってり味噌汁とやらの仕度にかかった。冬の青森ではよく作ると、涙次穴から教わったものだが、味噌汁の中に納豆を入れる。ねばり泡だつところに、山芋のすったのも入れる。それがさらにねばって半固体のような汁になり、三つ葉をばらまく。ただ、大根を入れることだけは許さない。だしは、かつおだしに、腹わたを千切って捨てた煮干しを混ぜる。吹き上った時に、その中から煮干しだけは取り上げて捨てる。

「さあ、今日もぶっこわすぞお」

と叫んで、そのこてこての、熱い味噌汁をフウフウ言ってすする。今は夏だ。吹きでる汗は、ガラクタと闘う一日の始まりであり、その汗を拭わずに顔中にこすりつける。小便をまぶしているような匂いが、顔から首からこみあげ、ゲラゲラ笑って、カニバサミに会いにいく。

それが笑って重労働にいそしむやり方だったが、この日は、日曜の休みだった。

昼までゴロゴロしていると、社長から涙次穴に電話が入った。

「ダイバ、ちょっと松葉杖持ってきてくれ」

這って電話を取りに行った涙次穴が、隣室から泡くった声をあげた。

「どうした」

「マルケサスの居所が分った」

持ってきた松葉杖にすがって立ち、涙次穴は、片カナばかりの山の名を告げる。それはビッグサンダー・マウンテンというものだったが、どこにあるのか伝える間もなく、涙次穴は不自由な杖さばきで、アパートの階段を下りかけていた。

駅への道を杖を速めて、涙次穴は、マルケサスの名に苛《いら》だちをこめ、マヌケ、マヌケと何度もぼやいた。

仕事を休んだマルケサスが、二泊も籠った場所は、千葉に続く湾岸道路から見える浦安の、ディズニーランドであり、三つの指に入る程の呼びものの一つ、ビッグサンダー・マウンテンというものだった。

砂岩を積みあげた岩山は、人工池のほとりにそびえ立ち、くり抜いた岩穴から崖にレールは敷かれ、そこをトロッコが走り抜けていく。サボテンの下には、黄金の夢破れた人々の死骸が転がり、骨だけになったロバの周辺には、殺し合った人々の銃も錆び、シャベルや、風に吹きとんで何もない砂金袋も口を開けている。そこを、悲鳴とも歓呼ともつかない、黄色い声を放つ客を満載したトロッコが走り抜け、さらに急傾斜の岩っぷちを滑り下りていく。

涙次穴の口から、ディズニーランドと聞いて、ダイバは、テレビの紹介番組で見たその岩山を思い出す。

そのマウンテンでは、人は客としてトロッコに乗っているだけであり、死骸は張りぼてで作られ、人影はなく無人の廃坑として、見物人を楽しませるだけである。が、その砂岩の谷あいを、手拭いで頬かむりした人間が一人、猿のように素速く通り抜けるのを、トロッコの客が見つけた。昨日は、のろしのような煙がトンネルの中から昇ると、清掃係から報告があったが、事務所の者が確かめに入った時、強い風に吹かれて、その証《あか》しは発見されることはなかった。三日めの朝、トロッコに乗った客の通報で、電源を止め、行列する客が更に連なるさなか、業務点検と称して、係員総動員で、ビッグサンダー・マウンテンに踏み込むと、中腹の岩のくぼみで、トンビを見上げているペルーの出稼ぎ人を発見した。

頬かむりの手拭いは、陽除《ひよ》けだったが、そこに解体業の社名と電話番号が印刷されており、この日の朝、社長の家に、けたたましい電話のベルが鳴り響いた。

「警察が来る前にもらってこいって、社長は言いやがんだ。ったってなあ、呼んじまっていたら、どうするのか指示だされんでよ。社長の所で使ったことない男だって、俺に言わせんのか」

その言葉に気は急《せ》くが、松葉杖の涙次穴をかばって、浦安まで乗り換える二つの駅では、昇降階段にもどかしくも時間がかかり、潮の香りが吹き寄せる駅に下りると、二人のTシャツは水をかぶったように濡れていた。潮騒《しおさい》の音はなく、遠浅の海を吹きつのる匂いの中に、海に流れこむ江戸川のヘドロも混じっている。名物のシンデレラ城が虫歯の先端のように、そびえ、駅から入口まで続く広い駐車場には、満車の車が、直射の日光を浴びてかげろうとともに揺れてみえる。もこもことした入道雲の下に、行進するパレードの音楽は響き、おどけ者の名が、マイクで紹介される度に、子供達の歓声が沸き上る。遠くでレースウェイのモーター音や、ウォーターシュートの水しぶきも響き、ゲートに向かって小走りになりながら、ダイバは、トロッコの回る音に耳を傾ける。レールを嚙む鉄輪の音は、満場のざわめきの中にかき消え、不安になって時計を確かめる。社長から電話をもらって二時間も経つ昼下りだ。ビッグサンダー・マウンテンのトロッコが回転していなければ、その間に回ったであろう乗車券の、売り上げ分の金を、請求されるような気になる。入場券売り場の小窓にかけつけ、ダイバは、涙次穴を振り返る。

「会社の名、言っていいのかな」

涙次穴は首を振る。

「じゃ、五千円もする券買って入んのか」

前よりも強く涙次穴は首振った。

ダイバは、小窓を覗き、〈五十鈴《いすず》解体業〉の名を出した。

待たされる間、楽しむ資格のない二人は、弱々しい視線で、ゲートになだれこむ親子連れや集団の学生達を眺めながらも、耳だけはトロッコの回る気配を探しつづけた。

「同僚の方ですか」

ゲートの回転木戸が回って、チケットブースの売子に案内されてきた、事務所の青年が、声かけてきた。ミッキーマウスの柄のあるネクタイを締め、スモーキイブルーの制服に乱れひとつない。声も晴れやかで、垢ぬけした若者だが、ダイバたちが、へりくだって頭を下げると、曇った眼で、その頭を見下ろし、「そう」と唸るように一言もらす。

中に入るには二つのアーチを抜けなければならない。シンデレラ城に向かって、まっすぐの道を、人混みに押し返されそうになりながら、風船や乳母車、横切る馬車を除け、ワールドバザールの店を横目に抜けると、天蓋《てんがい》のない、またギンと直射を浴びるプラザ広場に立つ。シンデレラ城が眼前にあり、ヘドロの匂いも混じる潮風が、ビル風のように、城を回って頬をなであげていく。

立っているレンガ色の道は、柔らかく、靴底の足がむずがゆい。ダイバも涙次穴も、そんな土の上に、今まで立ったことはなかった。見渡すと、ざらついたレンガ色のアスファルトにしか見えないのだが、一歩踏みだすと、クッションがあって、弾んでふわと腰も浮く。土でもアスファルトでもなく、汚れることを覚悟した絨毯である。スモーキイブルーの制服を着た女の子が、手に帚と、箱型のちりとりを持ち、人混みの足元に、たまにある煙草の吸い殻を掃き寄せる。

「どうやって入ったものか、皆首を傾《かし》げましたよ。トロッコから降りられるもんじゃないし、ここでは最も危険なと、売っているコーナーですから、チェックは万全を期してます。多分、ビーバーズ・カヌーの池の方から泳いで入ったものと思います」

ウエスタンランドの標識を過ぎて、事務所の青年は、苦笑い、ダイバに歩きながらぼやいた。

「申しわけありません。真面目な男なんですが」

並の弁解に、涙次穴も松葉杖の足を速めてうなずいてみせる。

「何をしようとしていたんでしょ」

豪華な遊園地を突っ切りながら、遊びを脱線したマルケサスの行動に、生真面目な一重の目をこすって、青年は、首を傾げた。歌を作るネタのためと、言い出せず、ダイバも涙次穴も、行列のできた群れをかき分け、青年の後に従《つ》いていく。待ち客のおしゃべりの中で、仕事場でも、そうした奇異な行動をとる男かと聞くのだが、真面目ですとしかくり返さないダイバの声は、ふさがる人の壁で青年の耳に届かない。

「名も言わないんですよ」

そう言われて、この時ばかりは追いつき、マルケサスの名を伝えたが、間抜けさすと聞こえ、青年の眉は怒ったように吊り上った。

「ブラジルの人ですか」

「ペルーです」

行列は、鉄パイプを組んだ橋上へ連なり、その下を抜けて、ダイバ達は、薄暗い施設の奥へ踏みこんだ。そこにも頭上を幾つも巡った列が、細い一列となって繋がっている。壁には、忘れられた百年前の遺物を装い、シャベルや、ヘルメットが、土と錆びの色に染まって掛け列《なら》べられている。その暗いドームに入ってから、突然、雷鳴に似た轟音が、頭上をかけ走った。あぁ、トロッコは走っている、とダイバも涙次穴も、長く続き、ゆっくりと遠去かるその音に、ほっとした。立ち止まり、また近付く車輪の音を、廃坑の中に似た黒い天井を見上げて、聞いていると、青年はダイバの耳に顔を近付けた。

「なにしろ、連絡の手だては、頬かぶりの手拭いと、手帖しかなかったものですから、真っ先に会社に電話をしました。手帖の方は、読めない外国語で、一行だけ、日本語の名と住所を認めたものですから、そちらの方にも一応、連絡しました。ご存知ですか」

ゆるんだミッキーマウスのネクタイを締め直し、青年が、その名を告げた時、迫ってきたトロッコが、頭上にかかった。天井も震えるその音で、ダイバの耳に、その名は踏まれて吹きとんだ。二度、その暗い底では、その名を聞くことはなかった。

「マルケサスさんと言いましたか。彼にはあなた方が来たことは耳に入れてあります。チケットブースから連絡が入った時に。ですから、その侵入した理由を聞いてやって下さい。安全上、今後のこともあって、私はその根拠を、日誌に付けなければなりません」

そのコーナーの事務所は、斜坑を支える木わくの下に、丸木を組んだ倉庫の形をしていて、扉には、つるはしが掛けられていた。ノブを引くと、内部は、女性事務員がパソコン叩くクリーム色の部屋だった。

マルケサスは居なかった。テーブルの上には、揉みくちゃになった五線譜と灰色の手帖が転がっていたが、トロッコの走る度に小刻みに震える椅子の前には、飲みかけの茶椀だけがあるだけで、そこに座っていたマルケサスの姿はない。

女事務員は立ち上り、制服の破れたボタン穴を撫でて顔を歪めた。

「逃げました」

「なんで、また」

と、警察を呼ぶことさえしなかった青年は、ダイバを振り返って、顔をくもらせる。

「その方達がくる時は、そんな気配はなかったんですが、係長が出て行った後に、売場の方から、菊地さんが来たと連絡が入った直後です」

「菊地あすら」

その名は、頭上を走るトロッコの音で聞き逃した名である。青年の、はっきりとした確認の声に、ダイバの顔色は変り、涙次穴は後退《あとじさ》った松葉杖によろける。

「俺、マルちゃんにも頼んどいたんだ。こんな恰好じゃ、時間もかかるし、その菊地っての探すの手伝えって」

それが、手帖に書きとめられた唯一の日本語だった。

「その菊地さんて方、今、こちらに向かってます」

人手がないので、事務所への道は、細かく伝えたと女事務員は言うのだが、人混みにふさがれて、たどりつくには時間がかかる。が、探すのは依頼しておきながら、会うことを躊躇《ためら》うダイバは、かち合う前に空いた時間にさえ、おびえて、手帖を摑む。涙次穴も、分らないながらもダイバを察して、もみくちゃの五線譜を手にとる。

「筒井さんは、逃げた彼を追っていきました。係長がくる前に電話入って、江戸川まで来たところだと言ってました」

ダイバは、背中でドアを押して、逃げたい顔をなんとかごまかす。

「僕らも、江戸川の方さがします」

「あなた一人でも、必ず戻ってきて下さい」

事務所から退散して、蛇行する列の中に混ざるが、松葉杖の片われに歩行を合わすと、背中はうしろめたく猫背になった。見送っている青年の視線と、「ダイバさん」とかかるかもしれない声に怯えて、その猫背ばかりが、陽の射すプラザ広場に出ても、まっすぐに伸びない。

トロッコの上昇する音が響いて、噛み合うその音に、憧れながら、ビッグサンダー・マウンテンの、なにも見えない壁を振り返る。列ぶ人混みの肩越しに、何度も振り向き、また上り、また下がるその音を追いかける。石川県金沢の、とある小さな鉄工場に働いていた頃、ダイバにとって、その車輪とレールのきしみ、火花散る光景は、憧れだった。いつしかレールに変わる屑鉄の山を見下ろしながら、それが空に伸びるのを、何度も夢に見たことさえある。

ダイバは、出来上らなかった移動遊園地の、空かけるトロッコを思い出し、もう振り返らないビッグサンダー・マウンテンの轟音が、その耳を追ってくるたびに、憧れは薄れ、「ちくしょう」とばかり呟いた。

「マルちゃんの手帖に、よくその女の住所が書かれてあったもんだね」

江戸川の河口から国府台《こうのだい》に続く川岸をたどって、涙次穴は、松葉杖を動かしながら、首をひねった。

「俺が頼んだ時は、ただあの辺りのアパートとしか狙いをつけてなかったのに。それも力仕事を終えた夜しかないぜ、探し出すのは。電話まで洗い出してさ」

「マルちゃんがやってくれたのなら、お前は、ただ喰って寝てただけじゃないか」

「じゃ、お前がマルちゃんに頼めたか」

言われるとおり、ダイバがマルケサスに、それほどの頼みはできない。仕事場での付き合いは、浅く、一年も顔を合わしているマルケサスと涙次穴の関係は、「あうん」の呼吸を持っている。

土手をたどって、まっ黒なヘドロの川底を見渡しながら、ボート乗り場まで来ると、遊園地の制服を着た男が、干潮とともに干上った川面を見据えていた。中州も浮き上り、その向うに流れる深みに向かって、何度か声をかけるが、風でそれも届かない。その男がマルケサスを追ってきた事務所の者と分ったが、土手を下り、男の横に立つと、ダイバは名乗りもしないで、しばらく、遠い流れを目を細めてうかがった。一度ヘドロに入りかけた男の靴は汚れ、泥は何滴か眼鏡にもとんでいる。石を摑んで投げると、それは中州にも届かなかったが、その先の深みに、縦にはまった流木が、微かに動いた。

「マルケサスっ」

と涙次穴が叫ぶと、ぐらりと流木は傾き、その朽ちた木の陰から、ペルーの哲人が顔だした。

かぎ鼻に引っこんだ目の顔が、岸に立つ涙次穴とダイバを見詰め、波にゆったりと上下する。

「上ってこおい」

そう叫ぶ涙次穴が、五線譜の紙を振ると、枯れ木を抱いて伸び上がり、白い歯をみせて笑った。が、かじりつく重さで、底にはまった流木は傾き、その笑い顔も水に沈む。慌てて木にとりすがると、斜めになったその杭はさらに水平に移動する。深みに浮いたヘドロの泡を、小魚の群生と勘違いしたのか、トンビが一羽滑降してくる。

ダイバは、ボート乗場にかけ上り、川に突きでた桟橋を走った。橋脚は干上ったヘドロの底に埋まっているが、その先端には池のような溜りがあって、五艘のボートが浮かんでいる。溜りは、細い水路につながり、そこをたどると、中洲の切れた下流に入る。桟橋のロープを解き、一艘のボートに跳び下りると、オールで川底を引っ掻きながら、マルケサスの名を呼んだ。その名が本名であるのかどうかは疑わしい。が、必死に他人の名を、これほど呼んだことはない。

ボートは細い水路に入り、溜りより浅い底を掻き押しながら、ダイバは、上流に突き立った流木の辺りを振り返った。傾いたその木がどこの辺りなのかも見えない。川岸を走ってくる事務員と、遅れて松葉杖を繰りだす涙次穴が何か叫んでいるのだが、その指示する声も遠くて耳に入らない。水路から本流に入ると、急に流れが速くなり、ボートは押されてぐるりと回った。川底から抜いたオールをオール止めの輪に戻し、流されながら、ダイバは、また岸辺を見上げた。涙次穴が、松葉杖をしきりに振って、進むべき方向を指示してみせるが、片足で撥ねる体は、草むらにどうと倒れた。

オールを繰り、河口へと流されるボートの先端を、なんとか上流に向けると、トンビが目の前をかすめて飛んだ。あざ笑うのか、きさまと、かけ上る羽に叫んだが、目は上流の波を見据え、全体重をかけてオールを漕いだ。が、舳先《へさき》は漕ぐ体の背中にある。

どれだけ進んだのか分らず、立ち上った涙次穴を基準にすると、上流に向かわず、河口へと下がっている。流れの速い真ん中を避け、ボートを波の立たない外れに進めると、またひっきりなしにオールを漕いだ。舳先を振り返ると、波以外に何もない。呆然とした間に、オールも止まり、ボートは、また波の上を旋回する。見渡す水面にトンビの羽影が映り、下流へとボートは流れる。

マルケサスの名を疲れた声で呼んでみた。

「フジモリ」

と水を含んだ微かな声が、泡だつ波のどこかから響いた。伸び上って見回すと、避けた本流の中を、流木にしがみついたマルケサスが漂い、流されている。ボートから十メートルも離れた速い流れの中で、その目は、すれ違っていく不安を殺して笑った。

オールを握って、ダイバは、回るボートの舳先を取り直し、流木の後を追いかけた。ボートは流れに乗り、流れる水を引掻き、流れよりも速く走った。河口に舳先を向け、オールを止めてマルケサスに向き合うと、ダイバは怒ったような顔で、ずぶぬれの哲人を見下ろした。

「乗れ、このインカ人」

流木は船尾にゴチンとぶつかり、その拍子にマルケサスはオールを掴んだ。船尾から引き上げると、マルケサスは「ごっつあんです」と言いながら、ダイバの手を濡れた手で強く握った。ヘドロの芥《あく》を塗りつけられた手を上げ、ダイバは岸に、上げたぞと叫んだ。

岸で見守る姿は、二人から四人に増えている。加わった姿は、土手で見ていた野次馬が近付いてきたのかともみえたが、男の服は遊園地の制服だった。それは事務所で別れた筈の青年であり、黒いズボンの女は、西にいくらか傾いた陽に手をかざし、顔にまといつく長い髪を払っていた。その髪を見た時、菊地あすらであることはすぐに分った。

四人は、立ったままだが、下流にもっていかれるボートを戻すために、ダイバはオールを何度も漕いだ。ボートは、乗船場を横に見る水流の中まで戻ったが、岸に寄せる気配なく、トンビの舞う本流に浮かんで、その位置を維持するだけだった。

「なぜ、着けない、ダイバ」

「あの女には会いたくないんだ」

そう言うと、ボートを回して、舳先を対岸に向ける。本流を横に突っ切り、ボート小屋と四人からはるか離れると、ダイバは、目にかかる汗を拭って、涙次穴に手を振った。

菊地あすらの立つ場所から、杖を移して離れることもできず、涙次穴は前にのめってボートを見詰めているだけだった。杖とともに握った五線譜が、風にひらひらするのが、遠くからも見えた。

裸電球の下で、マルケサスが開いた新たな五線譜には、ロック鉱山のコンドルの、さわりとも呼べる詞が書かれてあった。浦安の騒動があってから三日目、ダイバの部屋で三人は合流して、安酒をなめながら、過ぎた珍事をマルケサスに反省させるつもりだったが、「少しできた」と現われたマルケサスに、なじるのは後回しにして、それを覗いた。

俺はみた
浦安の岩山を
一台のトロッコがかけ降りるとき
青空のどこかから
舞い下りてきた一羽のコンドルが
俺に抱きつく死体に
爪をかけるのを
ピーヒョロロ

と、直しもなく、その字は輝いていた。涙次穴は団子鼻をこすって、ううむと唸ったり、斜めに見たりして、ダイバの反応を求めた。

「なんだこりゃ」

「いいんじゃないか」

とダイバが感想もらすと、そりゃ哲人だからと涙次穴は、その難解さをのみこんだが、分らないところばかりの詞には、従《つ》いていけないで、主に死体の字を指で叩いて、なんだこれは、どうしてそうなると詰め寄った。マルケサスは、疑問にすらすらと答えられる程、日本語を話せない。ええと、あの、変ですかのくり返ししかなく、涙次穴は、分らないものを、分り易くするために、安直に喩えた。

死体は、ロウの人形で、それがトロッコの中に座らされている仕掛けであり、たまたまその横に座った俺が、その光景を見たという解説が、涙次穴自身、最も相手を説得できるものとも思った。

馬鹿なコンドルは、それを人と思って、その死体人形に爪かける。ということか、それなら分るとマルケサスの顔を見詰めるのだが、哲人は弱ってうろたえた。

「それでも分らないぞ、そのコンドルがピーヒョロロと鳴くってのは」

どうだ、分らないことばかりだと言わんばかりに、五線譜を足でどかして、その下にあったスプーンを取り、涙次穴は、焼酎のコップに沈む梅干しを掻き回した。

うなだれていたマルケサスが、この時ポツリと言った。

「あなた、歌分るんですか」

「なに」

焼酎の中の梅干しが激しく揺れた。

ダイバは、仲の良い二人の、こうした亀裂を心得て、間に入った。

「涙次穴、これはアングリー・ロックなんだよ」

ロックのことはよく知らないが、アングリーという言葉が入ると、何でも許してしまう涙次穴の単細胞は知っている。涙次穴がよく連発する言葉でもあり、そこで落ち着いて、アングリの口になった。

「アングリーは、ハングリーにも理解されて、アングリーになるんだ」

涙次穴のこの口癖のほうこそ、マルケサスの詞より難しい。

「それで、ダイバ、これ良いのか」

「良いよ。ただ」

「ただ」

「マルケサス、この清書がきれいすぎる。君は、こんなに上手く漢字書けなかったんじゃないのか」

死体も俺も、舞うも、ひらがなにした筈である。

「あすらに教えてもらった」

その名が口に出てから、ダイバは何秒か清書された漢字の上を見回していた。江戸川で近寄るのを避けた、ダイバの神経に気兼ねして、涙次穴も下を向き、「道理で」と言ったきりだった。三日前にボートを対岸に着けてから、マルケサスはダイバと共に、ヘドロの川から逃げ、涙次穴も遊園地の係員や菊地あすらから、弁解も苦しく遠去かった筈だった。この三日の間に、マルケサスが、ダイバの心中を無視して、どうして菊地あすらに摺り寄ったのかが分らない。

「あの女、髪とかしてんのかな」

と涙次穴が、思い出したように言った。

「涙《ルイ》、あの人、身だしなみ、ちゃんとしてるよ」

マルケサスが、かばうと、彼女を遠目でしか見られない者はダイバ一人となってしまった。

「ズボンなんか、尻のところがテカテカしてたぞ。中学生の穿いたきりズボンみたいに」

「お尻大きいから仕方ないでしょ」

ダイバは立ち上って、煙草を買ってくると部屋を出た。

アパートの前の路地は細く、商店街に向かってなだらかに下っている。間に街灯が一つあるが、蛍光灯は切れかかって、虫の当る羽音とともに点滅している。その下に立って、まだ半分は残っている煙草を取り出し、ダイバは、百円ライターの火をつけた。薄い煙は、点滅する光の中で舞い、飛び交う蛾の鱗粉《りんぷん》に混ざって消える。

「ちょっといいか、ダイちゃん」

アパートから出てきたマルケサスが、踵を踏みつぶしたシューズを引き摺って近付いてくる。

「すぐ戻るよ」

「ダイちゃんだけに話したいことあるのよ」

傍にくると、嗅ぎ分けるような、鷲鼻を突きだし、煙で誤魔化すダイバのもやもやに目を据えた。

「彼女、今、ピンチです」

そう言うと、マルケサスの眉が下がった。が、そう訴えられても、人並の感情は遠去かるばかりで、あすらの迎える危機の風は、川ひとつへだてた影をみるように遠い。

「いつから、そんな気を回すようになったんだ」

「昨日、清書を頼みに行ってから」

「それまでは」

「一昨日、現場に来たんだよ。向うから。ディズニーランドに私を呼びだした理由は何かって」

騒動があった次の日、現場へ働きに出たが、そんな話は社長からも聞かなかった。昼飯の時間を長く取りすぎているマルケサスを皆気にしていたが、現場に戻ってきてから、マルケサスも、その話は伝えていない。

「マルケ、ダイちゃんの名は出さなかったよ。大丈夫さ。ヘルメット冠《かむ》ってたから、向うは何も気付いてないさ。ただ、仕事場もばれて呼び出されて、自分と何の関係があるかと聞かれてさ、マルケ言いわけに困って、彼女がコンビニで働いている時から、一度お付き合いしたいと思って、尾行し、住所を調べておいたと言ってしまったのよ」

「コンビニで」

「うん。それは本当よ。マルケ、一度その店の棚から、びん詰め落して割っちゃったことあるんだけど、レジにいた彼女、弁償すると言って出したお金受けとらなかったんだ。彼女もそれ覚えていてくれたからね。あの時のと言ってから、こちらの嘘、信じてくれたみたい。それで、昨日は、それつけこんで訪ねて行って清書してもらったというわけ」

マルケサスは、煙草を一本、ダイバからくすねると、ブロックの塀に寄りかかって、煙を吐いた。

「それで、何がピンチなんだ」

「彼女の部屋、暮らせる所じゃないよ。清書してもらってる時にも、石投げられて窓ガラス割られて」

「なんで」

「さあ」

「警察に訴えりゃいいだろ」

「いやあ、どうかな。マルケもそう言ったけど、筋ちがいだと言うし。理由も言わずに、ここのところ、大家と不動産屋から出ていけの催促もあると言うんだ」

と言ってから、マルケサスは、ブロック塀からとびのき、首筋にからんだ夜の、クモの巣を払った。引きちぎった糸が、点滅する光の中に浮いて、どこかへ消える。

「で」

「今夜はもうあそこには泊まれないよ」

と言ってから向き合い、マルケサスは両手を合わした。

「泊めてやって下さい」

「どこに」

「涙次穴かダイちゃんか、どちらかの部屋に」

ダイバは、あきれてマルケサスの目を見返した。奥まった目は、濡れたように光って震えている。マルケサスの寝ぐらは、社長の家の台所であるために、そこにあすらを連れてくることはできない。思いついたのは同僚の部屋しかなかったのだろうが、ダイバが彼女を毛嫌いしているることを分っていながら、いくらピンチであるとはいうものの、この突然の申し入れに、ダイバは声も出ないで顔を歪めるばかりだった。

毛嫌いしている者の住みかを探ろうとしているダイバの胸中は、マルケサスには理解できなかった。が、ボートを接岸させることもできずに、川の中を迂回する、いじけた幼さを見ながら、そのわだかまりは時間がたてば薄らぐぐらいのものとしか考えていなかった。

「涙次穴には話したのか」

「まだ。でも涙《ルイ》の部屋には泊められないよ」

「なぜ」

「あの女、髪とかしてんのかなんていう男だよ。部屋に落ちた毛筋一本つまんで、トイレに持っていきかねん神経質だよ。ダイちゃん、泊めてくれんなら、あんたの部屋にしてよ」

ということは、ダイバが涙次穴の部屋に入って、ダイバの部屋を完全に彼女のものにするということだ。

一人の女の行方を探っていたら、その女が自分の部屋に居たということになる。

「ここはいったい誰の部屋と、彼女が聞いたら、お前はいったい何て言う」

マルケサスは、もう一度聞き返すように、首を傾け、ダイバを見上げた。

「僕の名を隠して、まだ伝えてないとさっき言ったな。すると、だからだ、その時どうなる。ダイバの部屋と言うんだろう」

「いやなら、それでも言わないよ」

「言わないと、どうなんだ」

「好意ある人の部屋とか、あ、フジモリの部屋ということにしようか」

その部屋をフジモリの物にして、これから自分はどこに行くのかと、ダイバは考えた。涙次穴の部屋に泊まることはできない。そこに泊まれば、朝夕に、隣室の菊地あすらと顔を合わすことになる。その顔に微笑みかけることも黙視して眺めることもできそうにない。

「なにがあったの、彼女とは」

マルケサスは、横向いたダイバの顔に問いかけた。答えずに、ダイバは顔上げた。街灯の、落ちつかない光の中を、蛾の鱗粉がゆっくり落ちてくる。

「無理かな、この頼み」

「いいよ。泊まれ」

思いもよらなかったその声に、マルケサスはとびつき、ダイバの肩を揺すった。

「あんた、江戸っ子だね」


町内の外れに、ひしゃげたアパートがある。伸びた雑草に囲まれ、二階の窓は落ち、入口のドアは蝶番《ちょうつがい》がはずれて、もげかかっている。中庭にタイヤのつぶれた錆びた自転車が置いてある。が、誰も片付けないのは、夜になると、一部屋だけ明りが灯る、その住人の物と思うからだ。

二階に八部屋あるが、ひさしは傾き、建物自体がよじれて今にも倒れそうにみえる。一階の十二部屋の中程から、ぼんやりと明りがもれる時、まだ住んでいるのだと気付くが、その暮しの証しも、終息寸前の残り火のようにしかみえない。

もげかかった入口のドアを潜り、ダイバは明りの灯いた部屋の、隣りに入った。

六畳一間の窓の下には、低い台所の流し場があり、蛇口をひねって、まだ水道が止められていないのを確かめる。暗い中をまさぐって、裸電球のスイッチをひねるが、電気はやはり止められていた。百円ライターをつけ、また流し場に戻り、半分は残っているローソクに火をつけた。ちろり火は、何もない部屋の中で揺れるが、微かなその光も、窓から外にもれることはない。窓に打ちつけたベニヤの壁が、隣室とは違って、外にその気配を伝えることはない。

ダイバは、半年前、駅前の不動産屋で、その部屋を借りていた。住んだのは二ヶ月で、パブで涙次穴の生演奏を見た頃に、その部屋を出たが、涙次穴のアパートに引越してからも、引き払った筈の部屋の、家賃は払っていた。

二重生活にかかる部屋代は、残り少ない彼の貯金通帳を、さびしい数に減らしたが、三万で借りた古アパートの部屋には未練があった。

涙次穴には気取られずに、時折見に来ては、むしれた畳にうっ伏して、目を閉じ、両耳ふさいで、かびの匂いを嗅いでいた。

窓は中庭に面し、廊下側にも一つある。借りた時、不動産屋は、ベニヤでふさいだ中庭側の窓を、修理して、サッシにすると言ってくれたが、ダイバは、暗いこのままでいいと辞退した。

隣室からは、ゼンソクの気がある老人の咳が聞こえたが、ダイバが何か音をたてる度にその咳は押しころされ、気を使ってくれる気配がみえた。区から通う介護の女性が、隣室から出てくるのを何度か見たが、その老人とは廊下で出会うことはなかった。

歩く音がするので、寝たきりとは思えないが、二ヶ月の間、唯一の隣人であったその人の顔を見たことがない。

四ヶ月ぶりに入って、「おじいさん、また来ました」とダイバは、壁の向うに声かけた。返る声はなく、水を使う音が聞こえた。ダイバは座って、ローソクの光に照らされた部屋の壁や天井を見上げる。その部屋を手放さない何の未練があるのかと、染みや傷を見回してみる。振り返ると、押し入れや便所のドアに、ダイバの大きな影が映って、その輪かくは微かに震えている。それを何分見ていられるのだろうと、影と対決してみたりもしたが、目は疲れてきて、仰向けに引っくり返った。未練といえるものが分らなかった。青空に舞うカニバサミが、ダイバの影を掴んで、ガラクタの中に放り投げた気がするだけだった。

四ヶ月前、涙次穴に会った時、そのインチキ臭い赤毛には虫ずが走った。雑音に近い歌声、その照れるようなステージポーズには、さらにうんざりしたが、持ったマイクを酔っ払いにもぎとられ、カラオケ代りに使われた時、ダイバは立ち上って、そのマイクを取り返していた。酔客を突きとばして、マイクを涙次穴に戻すと、未成のシンガーは、ダイバをファンと勘違いした。焼きとり屋で飲み交し、いつか離れがたい親交ができるうちに、涙次穴の、くったくのなさが、窓のないアパートで、古畳とともに沈んでいくようなダイバの心境に、微かな抜け穴を作った。

ダイバは、涙次穴の間抜けた陽気さを、カニバサミのようにも思った。それは、倒れかかった古材を持ち上げるように、ダイバの胸を閉ざす幾つものわだかまりを、すんなりと掴む。そんなふうに思えて、二ケ月住んだ部屋を出たのだが、あすらの登場は、ダイバをまた部屋に戻した。であるのか、いやそうではない。ダイバこそ、その部屋に戻るきっかけをみつけようとしていた。

エロ本しかない本棚には、部屋の契約書を、目にとまるように置いてきた。そこに記入された住所を見れば、涙次穴たちは、黙って移った場所を探してくるかもしれない。そんな計算は惨めなものに思ったが、いつか会わなければならないあすらに対して、ダイバが置いてみせる布石は、それが妥当であった。涙次穴かマルケサスかのどちらかが、部屋を提供されたあすらを伴い、この部屋に現われる時、窓もないこの空間に、何を思うか。その暗澹《あんたん》たる思いが、ダイバの狙いであった。ダイバが期待するものは、あすらの反応である。気もふさぐその部屋を見回して、彼女が、自分こそ、この部屋に住むべきである、と申し出るのを、ダイバは秘かに待ち望む。そして、速やかに、ダイバに元の部屋に戻るようにと、歪んだ顔で笑いかけるのさえ。

それを待ち、しばらく天井を見上げて寝ていた。そのうちに、ローソクの炎が弱くなるのを見て、起きてその火を吹き消した。残り火は、訪問客が現われる時にとっておかなければならない。蛇口をひねって水を飲み、暗い中でまた仰向けになる。一時間も寝ていたが中庭に入る靴音はない。外れかかったドアの音にも耳をすましたが、風さえ、そのドアを揺らしはしない。

暗がりの中で、妄念ばかりが踊る。涙次穴のかき鳴らすギターとともに、マルケサスとあすらが、ほがらかに歌っているような気になった。そこは、出てきたダイバの部屋である。にぎやかに引越し祝いをやっている彼等の背後で、本棚からはみでた契約書が、誰にも気付かれずに垂れ下がっている。撥ね起きて、部屋に戻ろうかとも考えた。出てきた部屋に走りこみ、あすらを見下ろし、お前が住むべき所は用意してあると言ってみたい。そんな発作に近い暴言は、陽気な涙次穴たちを、ただ面喰らわせるものでしかない。語ることもなかった、ダイバの悶着《もんちゃく》は、一年前も今も彼らになんの関わりもないものである。

ダイバは壁を空しく叩いて、座りこみ、便所のドアに頭をもたせかけた。暗がりの中で少し落ち着いてくると、便所を開けて、和式の穴に小便を落した。ドアを閉めて、また座りこむと、流さない小便の匂いを吸いこんだ。急に部屋の戸を叩く音がして、ダイバは闇の中で構えた。

鍵はかけていない。微かに開けられ、廊下の方から中を確かめている気配がした後、手はドアを押し開けた。廊下に射したほのかな明りが、四つん這いになった老人の背を浮かび上らせていた。その光は、開けたまま這ってきた老人の部屋から、壁に反射している。

「どうです、一杯やりませんか」

暗がりで怯えるダイバの姿を目にとめると、老人は片手に持った四合瓶の焼酎を揺らしてみせた。伸びた白髪まじりの髪は、後ろにゴムで束ね、無精ひげには、柿の種と呼ばれるせんべいのかけらが引っかかっている。一人で飲んでいたのか、ひげの中の唇だけは酒に濡れていた。

寝くずれた浴衣のふところから、二つコップを取り出し、老人は廊下に置いた。浴衣の柄は将棋の駒で、飛車や角の、勇ましげな字は、よじれてたわんでいた。

「そちらは真っ暗だし、私の部屋は、老人臭いし、ここで一杯やりましょう。どうです、いけるくちなんでしょ」

老人は、もう焼酎を注《つ》いでいた。

七十を過ぎた歳であろうか、話しぶりはしっかりしているのだが、酒を注ぐ手は幾らか震え、廊下にこぼした。それを手のひらで拭うと、むしれた板の上に、酒の匂いが広がった。誘う顔は柔和であったが、ダイバを見据え、ダイバを包む暗がりを覗きこむ目は鋭く光った。

「さあ、出てらっしゃいな」

ダイバは、その一言になぜか胸を打たれた。這って敷居の所まで出ると、老人は、不自由な体を伸ばして、廊下の柱に背をつけた。

「隣の段《ダン》てす」

ですと言わずに、てすと聞こえた。て、言うんですを省略したのかと思ったが、それを確める間はなかった。

「十年程前は歩くと両足がしびれるぐらいのものだったんですが、今は言うことききません。若い時に遊んだ薬のようです。背骨の神経をやられてんのは」

溢れる程、焼酎を注ぐのも、戦後の男の癖だった。ダイバは、こぼれて廊下に吸われそうになる酒を、前のめりで口をつけ、一気に半分も飲んでいた。

「ハハハ、みなさい、酒がなくてはいられない夜だったではないですか」

段も一口飲んでから、這って部屋からキムチを差しだした。ほうれん草にかつお節をかけた小皿と、しらすをまぶした玉子焼き、子もちにしんの焼いたのも盆に載せ、ダイバの前に運んできた。手作りの料理には手をつけた跡がなく、みな冷えていた。

「いっしょにやろうと作っておいたんです。声をかけようと思ったんですが、静かになったので寝てしまわれたのかと思い、こうして冷してしまいましたよ」

ダイバは出された箸を持ち、にしんの身をむしって口に入れた。それはまだほのかに温みを保っていた。

「何か叫んでいましたね」

ダイバにはそんな記憶がない。

「寝言のなかで」

「僕は寝ていません」

「いや、大いびきも聞こえましたよ」

ダイバは、頭を振った。暗がりの中で天井を見上げていただけの、長い時間しか覚えていないのだが、闇の中で冴えた目が、ぼんやりと気になる天井の節目を見詰めているうちに、それが渦となり、小さく遠去かるのを、微かに記憶の中に残している。

寝たのはその一瞬だろうかと、まだ怪しみながら、酒を飲みこむ。酒は喉を通って、段の顔も、廊下の明りも華やいだものにみえてくる。鉄筋を叩く音と、石川県金沢の、工場の屋根に立ち上り、青空に両手を広げている自分の姿が、幻覚の尾のように、目の中を走った。白い光線のように、漂う酒の匂いを跨いで、その夢の記憶は横切った。

夢の中で叫んだのは、その時かと、消えたものに追いつかずに、酒をコップに注ぐ段の顔ばかりを、ダイバは見下ろした。その視線に気がついて、段は笑って顔上げた。

「私は、なにも他人の夢を深追いしようというわけではないんですよ」

「おっしゃるとおり、そんな夢を見てました」

「そんなこと言われても、私は、なにも知りません」

「叫んだ声を聞いたのでしょう」

段は困って、焼酎を差し出すだけだった。ダイバは受けたが、求めるように、段の目をのぞきこむ。どう思い出そうとしても、叫んだ声が消えたままだった。

「僕は、去年の夏まで、とある鉄工所の工員でした。営業も手伝い、移動遊園地の仕事をとってきたこともありました。それが最後の仕事でしたが、トロッコの車体とレールを作る作業半ばで、工場は他人手《ひとで》に開け渡さなければならなかったんです」

「黒ずんだその爪を見た時、なにか鉄のようなもので潰したのかなと思ってました」

言われて、ダイバは親指の爪を隠した。それは作業していた頃に潰したのではない。廊下に面した窓に、ベニヤ板を打ちつけようとした時、金槌《かなづち》で叩いてしまった。板は落して、その窓は今もふさいでいない。

「開け渡しの日、最後まで残っていた熟練工は僕だけでした。がんばると言っていた先輩も生活があるからと引き、その日、工場に来たのは僕だけでした。乗りこんできた人達に、工場がどれほどの債務があるのかも分らず、僕は、僕のとってきた仕事をやらしてくれと、それで穴埋めできるなら、工場の仕事を続行さしてくれと頼んだのですが、旋盤は運び出され、事務の帳簿も他人の手に移っていきました。作りかけのトロッコが、無雑作に捨てられかけた時、僕はいきりたち、搬出しかけた男達の手にかじりつきました。突きとばされ、蹴りだされると、追いきれない場所をみつけて、それから僕は、工場の屋根に登ったんです。スレートの屋根を踏み抜き、鉄骨の入っている辺りに立つと、しきりに社長の名を呼んでいました。最後までいてくれ、頼りになるのはお前だけだと言ってくれた社長が、まだその場を何とか仕切ってくれると思っていました。もしも、夢の中で何か叫んでいたら、その時のことでしょう。僕は社長の名を叫んでいたのではないですか」

東京に来て、初めて語った長い過去の話であった。それが涙次穴に向かってでなく、今日顔を合わせたばかりの、段という老人に打ちあけているのが、ダイバにも妙なものに思えるのだが、冷えてしまった手料理を見下ろすと、凍結した筈のメモリーを、むしれた廊下に列べてみたくなった。

「きみが叫んでいたのは、社長の名などではありませんよ」

「そうですか」

と言って飲む酒が、喉の奥でぐびりと鳴った。語りかけたものの中に、まだ、あすらは隠れていた。ダイバは、彼女をどのように語ったらいいものか、迷っていた。社長の使いで、クリスマスイブの日に、羊の皮で縫製した手袋を届けに行ったことがある。リボンをむしり取るまで、マンションの前に立った彼女は、そのプレゼントに顔を紅潮させていたが、中を開けて、それが羊皮を原料にしているのを手で確めると、毛糸で良かったのにと言った。次の日、社長室に入ると、届けた筈の手袋が、テーブルに転がっていた。社長はその手袋をつまみ上げ、彼女が、自分も百匹の羊の内の一匹だと言っていたことを、笑って伝えた。

あすらのことを、社長との、そんななれそめから話すべきか、雪の降る金沢を思い出しながら、ダイバは、コップを握ってためらった。注がれた酒に口を当てると、廊下を吹き抜ける風が、また工場の屋根に登った日の風を思い起こさせた。

「では、きっと、あすらという女性の名前でしょう。

屋根に上ってがんばると、工場の引きとりては困って、しばらく見上げた後に、工場に引っ込み、それから、代表して一人の男が立ちました。今、説得できる者が来る、それが自分達にとっての代表でもあると言ってから、僕には見えない工場の中を振り向きました。現われた女性は、長い髪の毛を払って、まぶしそうに屋根の上を見上げ、スレートにしがみついている僕に向かって、社長も終ったと言っていると告げました。

その名が菊地あすらです。手には、一通の解雇通知書、それを差し上げると、風にぴらぴらとひるがえって、届かないその間合いが、もっと遠くなればいいと思い、僕はいつか後退ったりしていたんです。だから、叫んでいたのは、その彼女の名なんでしょう」

「きみが、なぜ彼女の名を呼ばなければならないのですか」

「同僚の言うことを信じてはいませんでした。市内外れのマンションに、社長が通ってから、社長が変わったという噂などは。そのマンションの家賃も社長が払い、彼女に言われるままに、社長が動くようになったなどという話なども、僕は真に受けなかったんです」

が、ダイバは、正月も過ぎた頃、社長の身内に秘かに呼び出された。暮れから家族の元に帰ってこないことを知らされ、噂の女との関係などを聞かれたが、イブの日に使いに出されたことは隠した。

「僕が、二人のことを色恋ざたを越えて、もっと別のものを介して結ばれていることを知ったのは、正月過ぎに、社長に会った時のことです」

「もっと別のもの」

それを並の言葉で言ってしまうと、ダイバが見たもの、感じたものはするりと逃げてしまう。喩えようもなく、その日、社長とともに見に行ったものの光景を、ダイバはゆっくりと語った。酒を味方につけなければ、他人にこれほど話すこともなく、今迄、記憶の片隅に押しのけていたものでもある。

「マンションを訪ねて行った時、社長は、あすらが今日出てくると、彼女の着替えを手にドアから出てきたところでした。着替えの荷物は僕が持たされ、ダイバにも見せたいと連れられ、僕らは、タクシーで市内の外れにある養鶏場に向かったのです」

晴れた日の養鶏場に雪はまだ微かに積もっていた。古い鶏小屋の網に羽毛はからみついていたが、何万羽も飼育されていた鶏の姿はなく、囲いの入口には売地の札がかかっていた。到着した時には、すでにオーバーの衿《えり》たてた男女が百人程群がって、声のない鶏小屋に向かって、歓呼の声をあげ、手を打ち鳴らしている最中だった。社長はその群れをかき分け、歓待に遅れまいと、しきりにあすらの名を呼んでいた。二週間もがんばっていたんだと、待つ人々の口から、そんな感嘆の声が流れるが、社長に従いていくダイバには、まだ何の修行なのか分らない。ただ、オーバーの内側に、銀に近い白の制服がのぞいて、まるで関わりないと思っていた人の渦にはまっていることは察せた。

広い鶏小屋の中は、ベニヤ板で仕切られ、東に向かって、せまい一坪の箱が三十棟も連なり列んでいた。窓はなく、戸は釘付けとなり、開ける日にだけ摑める太い針金が、戸の穴に回って輪になっていた。

箱の戸は、もう二十棟も開け放たれていて、雪のへばりつく黒土に、耐えて出てきた人達が倒れこむのを、人は群がって支えた。

あすらは、まだ暗箱の中に入ったままだった。開けられていない残りの箱を見渡しながら、社長が、目星をつけた染みを指さし、あそこだ、出てきたら、お前も拍手してくれと言うのを、ダイバは、浮き足だちながらうなずいた。

あすらが内側から戸を叩くと、社長は「出る」と叫んで、針金の引き輪を摑んだ。が、釘付けされた戸は動かず、ダイバは走って、バールを探した。彼が、あすらの人生で、何か手助けしたのなら、バールを拾い、打ちこまれた釘を抜いた一瞬以外に、なにもない。

出てきたあすらは、東の空に高く昇った太陽に手をかざし、まぶしそうに顔をしかめた。色白の頰に、クモの巣のひきちぎった糸がかかって、外気にふわりとその糸がなびくと、光を受けて虹《にじ》色になった。まだ震える裸足を一歩踏みだすと、ピンクのセーターから、泥が落ち、ウールのスカートにはわら屑が付いたままだった。箱の中に床はなく、ゴザが地面に敷かれているのみである。

社長とダイバが拍手をすると、あすらは、辺りに聞こえないように、お腹が空いたと微笑んだ。関わりない者のように、しげしげとダイバの顔を見ると、社長は、ダイバにも見せたかったのだと、荷物をぶらさげたまま、拍手した時のかっこうで止まっているダイバを紹介した。ダイバという名をあすらが耳にしたのは、この時までなかったのだろう。イブの日に、手袋を持って行った時、ダイバは工場の者としか名乗らなかった。

『覚えておく。あなたをダイバダッタと』

あすらには、名も彼も、そうして記憶された。大場《だいば》の名は、それから大場自身、片仮名で思い起こされ、ダイバも知らない修行者ダイバダッタの名と重なったのである。

そう呼ばれた時、凍土の上を、強い風が吹きあげ、開かれたベニヤ箱の戸が、大きく鳴った。幾つもの戸が、ばらばらながら閉じてまた開く。風に遊ばれ、戸はきしんで揺れている。ダイバは振り返り、出てきた修行者を囲む人々も、なにげなくその戸を見ていた。それから、ゆっくり顔をしかめた。誰かが一つの戸を閉じたが、残したものが箱の中から匂って出るのを、止めることはできない。

爽やかな顔に代って、あふれでる異物の匂いを迎える術《て》はなく、二週間の修行の過程で、箱の中に残してきた当りまえの廃物は、まだ残っている鶏の糞と混じって、箱から青空へとその気体を放つ。目をそらして、鼻をひん曲げる群れの中で、ダイバもただ青空を見上げていた。ふらりと寄りかかるあすらを抱いて、社長は待たせてあるタクシーに戻った。荷物を渡した時に、社長はお前も来いと誘ったが、ダイバは、あすらの修行をねぎらう資格もなく、社長にかじりついている姿に遠慮して、そこで別れた。

国道に立って、市内に向かうバスを待ちながら、ダイバは逃げるように離れた養鶏場を振り返って、まだ開かない箱に向かい、タントーラの合唱をする群れのざわめきを聞いていた。そこにも、計り知れない情熱のどくろはあったが、ダイバには関わり得ない渦であり、傍観する目を弾き返すように、その群れも、陽気にはしゃいでいた。

社長につられて拍手をしてしまった手を見下ろすと苦笑いがこみあげてきた。来たバスに手を上げ、乗りこみかけると、不意に後ろから肩を叩かれ、ダイバは振り返った。オーバーの下に白い制服を着こんだ、若く、目の鋭い青年が、微笑みながら、あすらの関係者であることをダイバに確認してきた。

拍手した姿は青年に見られていた。うなずき、バスのタラップから下りると、バスはダイバを置いて発進した。青年は、ダイバに後片付けが残っていることを、伝えに来たのだった。

それを聞いた時、養鶏場にはめ込んだ箱の撤去かと思ったが、青年に従いてあすらの居た箱に戻ると、出てきた者を迎えた人達は帰らず、各々の箱を掃除していた。

あ然として、ダイバは引き返そうと思ったが、その手には、バケツにモップが渡された。一坪の空間に入って、バケツの水をぶちまけると、撥ね水は、ダイバの顔にも跳んできた。赤くこびりついたベニヤの染みに、何度も水かけ、モップを当てると、それは口紅で書かれた〈解脱〉の字である。

小便の染みついたゴザを丸め、掘った土の便壺《べんつぼ》を埋めながら、あすらの心を軽くしたものの正体が、そのせまいベニヤの内部の、どこかにまだうずくまっているような気がして、ダイバは、何度か振り返ってみた。古釘の錆びをにじませる一角は、ベニヤがささくれ長い毛筋がからみつき、そこにあすらが寄りかかっていたのが分る。その辺りに、あすらの信じたものがいるのかと、ダイバは座って毛筋を揺らす風を見守ったが、外のはしゃぐ声に、見破る力は去った。箱から出てモップを洗って返し、また箱の前に戻ると、丸めたゴザを小さく折った。それも焼却のドラム缶に投げ込むと、点検に来た青年が、箱の中から顔を出し、ダイバにまだ忘れているると手招いた。戸の陰に隠れていたために、ダイバも見落していた物を、竹ぼうきで引き寄せると、陽に晒され、人に見られるのを恥じるように、ダイバは、素手に摑んだ。

ビニール袋に入れられた、使った生理の綿だった。握って、燃やすドラム缶の前に立ったが、炎は消えていぶるばかりで、今入れるのはやめるようにと止められた。しばらく、炎を待ったが、居たたまれずに、ポケットに入れ、ダイバは走った。バスに乗ると、冬には開けない窓を引き開け、過ぎる草むらの中に投げ棄てた。が、握った感触はいつまでも手に残り、ダイバは、ダイバダッタの手を、今でもそれを摑んでいるように、指を曲げてみせた。

ダイバダッタは、地を這った男であり、四つん這いになったその手だけが、汚辱にまみれた地表の果実を摑むのにふさわしい。

ダイバが、そんな男の古い物語を読んだのは、それから何日も経ってのことだった。段への打ちあけ話は、そこで切り、ダイバは、空になった酒びんを振った。段は這い、部屋から、また新しい四合びんを持ってきた。まるで、共に四つん這いで森をかきわけ歩いた、師のナラダッタを見ているような気になる。その師はダイバダッタに、人のいる下界に行けと教えた。

「それでもきみが、どうして夢の中で、あすらの名を叫ばなければならないのか、私には分らない」

「僕が摑んだ物と、解雇を伝えるために彼女が摑んだ物を比べれば、腹がたつのは当り前ではないですか」

「その比較はなんなんです」

と言われれば苦笑がこみあげてくるだけだ。この一年、忘れられないものは、いつもその二つの手から、思い出された。段に語るまで、ダイバは、あすらの汚物を摑んだことを誰にも話していない。

「社長が入信したのは、その養鶏場に付き合った後でした。僕らの知らないところで、工場は供託され、経営は半分、供託した支部の采配で動くようになったんです。あすらに導かれ、社長が舞いこんだ結果が閉鎖であり、譲渡ということです。あすらの持ってきた解雇通知は、そうして僕の眼下に差し出されたものなんです」

養鶏場で、あすらの忘れた物を摑んだのも、あすらの体毒を握らされたような感触をもって思いだされる。最後通告の、あの一枚が、目の中にひるがえる度、皮肉なダイバダッタとして、養鶏場でのことを悔んだ。

「ハハハ、つまり、きみは、あすらの尻ふくような真似をしたその手が許せんのか」

笑いとばされ、ダイバは、黒い爪のある手を見下ろした。指を開き、手のひらをのぞくと、段の笑い声とともに、執着から離れ、自由になんでも摑める手のようにみえる。が、解雇の通知を摑まなかったその手は、鉄を扱った金沢の証しのように、ぶあつく不器用にたわむばかりである。

「社長を宗教に染め、工場まで奪っていったのならば、それに見合う神を僕はもらいたい」

「ダイバさん、そんなことになったら、あなたも染まるじゃないですか」

「僕は自己流ながら、もう染まっているのかもしれません。ダイバダッタと呼ばれた時に。それ以後、ダイバダッタのことを読みもしました。今では、狼に育てられた四つん這いの孤児がとても好きになっているんです」

「あなたはまるで逆ですね。狼の住む森から下界に出たのではなく、下界から森に入ろうとしている」

「でもいい。あそこに、彼らの信じるどんな神がいたのか分るなら」

「あそこに神はいなかったんですよ」

「神を見たいとは言っていません。彼らのはしゃいでいたまがいものの神を、僕は、追いつめてみたいのです」

「それはつまり、神ではない。あなたは、只、人間を追いつめたいと言っている」

「ちがいます。ちがうんです」

「ではと聞きます。あなたは、なんのためにあすらの汚物を握った記憶を大事に持っているんです。あすらを追いつめるためではないのですか。それとも、あすら達が信じた神に、脅しをかけるために、一泡ふかせようと、そんな汚ならしい証拠を摑んでいるのですか。神に汚物はないのです。となると、あくまでも人為的に神と遊んでいることになりますね。その遊びも、あすらを困らせることを狙っている。ですから、あすらだけが、あなたの目の中心にいるわけで、そこには彼らの神も消えてなくなっているではないですか」

「でも、僕はダイバダッタという名を、彼女の口から聞いているんです。彼女の頭の中にいた神が、まがいものであったとしても、その名を忘れることはできません。もしも唾《つば》吐きかけるような神から、その名が出てきたのなら、ダイバダッタも捨てなければならないではないですか」

「ダイバとして生きていくことはできませんか」

言われて、解体業に入った何日かを振り返った。カニバサミだけが、記憶の中に躍って、五十鈴商店のダンプが、感傷を以てながめた廃物を運んでいく。頼もしいカニバサミが、ダイバの過去の執着をさらうことを望んだこともあったが、養鶏場の汚物の匂いを消すことはできない。

「あすらを忘れようとせずに、その記憶をむし返すことで、あなたは日々暮らしているように私にはみえます。それはなぜです。なぜ、彼女に決着をつけないのですか。人の記憶はそれなりに四捨五入するものなのに、どうして、彼女のことばかりが浮かび上ってくるんですか」

「彼女は神を捨てました。工場閉鎖後、わずか半年のことです。脱会しました」

そうした人々を、世間はマインドコントロールが解けたと語った。追うように、工場の社長も会を蹴った。二人は別れ、社長は、目が覚めたことを証すように、債務者への詫びと称して全国行脚の旅に出た。社長のそんな噂は耳に入ったが、あすらがどうしたのかは、長いこと分らなかった。

あっという間に霧が晴れたようなてんまつだった。ダイバだけが過ぎた霧の中を覗きこみ、養鶏場の光景をなぞっていた。そこも訪ねていけばなにもないだろう。工場も跡かたもなく、風が吹くと、あすらの手にひるがえった解雇通知書だけを思いだすだろう。

あすらなのか、あすらたちの信じた神が、そんな茶番をやったのか、渺茫《びょうぼう》としたそんな結果の中で、ダイバは息をのんでいた。

「もしも脱会しなければ、僕とはなんの関わりもない徒党は、平行線をたどって、僕の遠くにあり、いつか時の経過の中で忘れていったでしょう。が、あっけなく脱会したことによって、犠牲になった工場や、タントーラの合唱に包まれた養鶏場のことなどが、腹だたしく浮かび上ってくるんです。つまり、脱会されては、わりがあわないというやつです。だってそうでしょう。ダイバダッタは拭い去れずに、こうして生きて思いだしているんですから」

「暗い部屋をつくってですか」

「はい」

その部屋は目の前にある。窓にベニヤ板を打ちつけたまま、用意されている。養鶏場の箱部屋よりも一畳広いだけだが、ダイバの記憶を培うために、空いて確保されている。

「誰のために用意されているのですか」

「あすらのためです」

それが、復讐のために準備されているのかと、問われるのをダイバは待ったが、段は暗い部屋に目を細めるだけで、焼酎を飲んだ。問いかける舌に、アルコールをまぶして、ダイバの発熱した意図に、どう向かい合うべきかためらっているようであった。

「そこにあすらを入れたいのですね」

「ええ」

「入れてどうしようというんです」

ええともうなずくこともできない。

「入れてなにが面白いのです」

「面白がろうなんて思ってません」

「でも、行動には意味がありますよ」

「はい」

「ダイバダッタ、あなたはその行動に何を求めているのです」

酒のコップを置いて、ダイバは立ち上りかけた。膝がしびれて、前のめり、段の前に両手をついた。小便をしにいくと呟くが、口からは唾液が垂れた。アルコールは回って、目は乾き、しきりに目蓋をこすった。四つん這いになって部屋に入ると、手さぐりで便所の金かくしに摑まり、女の姿で小便をした。

残尿の長さに立ち上れない。いつの間にか歳を重ねて、老人になったような気がした。段の問いに答えられる言葉を探したが、行動の目的はぼんやりして、アンモニアの匂いに咳こんでしまった。

「あの時、何を思ったのです」

廊下に戻ると、段は話を前に返して、ダイバの顔を覗きこんだ。

「あの時」

「養鶏場の箱部屋に強い風が吹いた時ですよ」

糞尿の匂いに顔をしかめた時の、見上げた青空ばかりが思いだされる。

「修行の過程で残した汚物の染みや匂いは、解脱した人々の、それからの暮らしの中で薄まり、青空のように消えてなくなるのだろうと、皆思っているように僕も気にとめるものではなかったです。片付けさせられている時さえも、間抜けてると思ったけど、汚物の染みを覚えるなどということは、他人の物であるだけに恥しいことだとも。しかし、あすらが脱会して、あの修行も空疎なものとなってから、火にくべられた汚物のくすぶりは、忘れられるものではなく、いつまでも鼻の奥に押しこめておこうと、決めました」

たれ流し、痰、おりもの、メンス血、それらは、ボランティアにも似たダイバの片付け作業のさなかで、記憶の隅に投げこまれたものだが、捨てたゴザを、また広げ、その染みを見回してみたい衝動は、今も胸にうずくまっている。脱会するなどと思っていなかった頃、それは工場が閉鎖された直後だったが、ふと手にした雑誌で、あすらは修行の成果を述べていた。その二週間の中で、彼女が性欲を越えたと得々と語っているのを、ダイバは駅の待合室で読みながら、告白の活字を長いこと覗きこんでいた。性欲という字は、ダイバの目の中で迷って躍った。捨てたゴザを広げて、そこに愛液の一点もないのを確かめてみたくもなった。ダイバが片付けたものは、あすらが克服したものの滓《かす》だけならば、修行と克服は、そこから遠く離れて全うされなければならない筈である。

　脱会を知ってから、ダイバはまた記憶の中のゴザを広げた。そこに克服されなかった愛液を見つけようともした。

「求めるものは、あすらを幽閉することです。その部屋に二週間入ってもらい、汚物にまみれて、タントーラの一節を念じてもらいたい。入る前に彼女は僕にこう聞くでしょう。なぜ、そんなことを望むのかと。そうしたら僕はこう言います。解脱とやらをみたいのだと。もうそんな言葉さえ聞きたくない彼女でしょう。僕の名を覚えやすいようにダイバダッタと言ったことさえ、きっと嫌な記憶でしょう。だったら大場《ダイバ》だけでいいのですから、そう呼んでもらいます。そう呼ばれて、僕もダイバダッタから離れられます。解脱もできない、彼女の、あるがままの二週間を見てから、僕は、やっと過去の執着から放たれることでしょう。それが僕のとる行動の意味になります」

「あなたは、今、それを考えついたのではないですか」

「ではいけないですか」

「あなたがよければ、それでもいいでしょう。でも、そんなふうに整理されると、あなたが見たいと言っていた、彼女たちの、まがいものの神はどうするのです。それはどこに行ったことになるのです」

「それは」

「つまり居ない。人間ということになっていいのですね。あすらや社長の現在の姿に治まっていいわけですね」

ダイバは黙ったままだった。彼女たちの神を追いつめたいと言いだしたのが、自分であることは分っている。段の問いに、それが、どこにすっぽ抜けたのかと、焦ると、頬は一気に赤くなる。まがいものの神は、摑んだ生理の綿になった気がしてきた。

「そして気になるのは、あなたには、それが出来そうもないということです。一人の女性をどうやってその暗い部屋に招き入れることが出来るのですか。あなたは彼女を化《ば》かせるどこかの師ではないんですよ。力づくで押し込めることができるんですか」

ダイバは酔った体で立ち上った。壁を手さぐり部屋に戻ると、古い壺の中に入れてあった錠鍵を摑んだ。小型の南京錠は、部屋を借りた頃に買ったもので、クモの巣が絡んでいる。アパートの部屋鍵としては大きすぎるが、それをみると、思いこみが煽られる。

廊下に置いた南京錠を、段は摘《つま》んでドアを見上げた。

「掛け金に合わないではないですか」

言われれば間が抜けている。いつか取り替えようと思いながら、ドアの掛け金は細く、そのままになっている。段は這って、自分の部屋のドアにかじりつくと、南京錠を、太い掛け金の穴に通した。後退ると、鍵さしこんだままの錠前が揺れている。

「私の部屋に似合ってます。耐えられないのは何もない部屋でなく、生きている者の部屋なんですから」

取り返さずに南京錠はぶら下げたままにしておいた。さらに冷えた料理を勧められ、ダイバはほうれん草を摘んで食べた。その横顔に段はポパイですと笑いかけた。

「脱会しなければ生きられなかったらば」

と、ポパイを連発された後に、不意に聞かれた。

「それでもあなたは脱会したことを責めますか」

ダイバの喉にはまだポパイがつかえていた。

「初めからそのような人達だったのです。あすらも社長も。あなたは、それをつぶさに見入り、工場の屋根で見下ろしただけなのですよ。それを見たということだけではすまないのですか。あなたに見られたことで、彼や彼女も苦にしているかもしれないのです」

「嫌です。それだけでは」

ダイバは、しらすの入った玉子焼きを頬ばった。その横顔に、段はまたカルシュウム、蛋白と声かけた。その栄養さえ振り切って、拒み、「嫌です」を連発すると、泣けてきた。涙を見せたくないので、焼酎をあおり、残り酒をすくって目の周囲に塗りつけた。胃に血は集まり、酒も回って、ぐらぐらしてきた。

「私はダンテス。隣に居ます。ベニヤの壁がはがれかかっているので、逃げたくなったら、壁を剝いでおいでなさい。私は死にます。部屋には棺桶が用意されてもいます。私の部屋に入ったなら、その棺に入って、この家を運び出されるがいい。どこかでその棺を置かれたならば、蓋を蹴って外に出て、外の光を浴びなさい。ダイバ、あなたはそうして、ここを出るのがふさわしい」

そんな声はなかった。

酔ってつぶれるダイバの頭の中で、隣のダンテスが、そう語ってくれればいいと願った言葉だ。

どれだけ眠ったのか分らない。うつぶせになった顎が、廊下を踏んでくる足音とともに震えた。

「こんな所に倒れてやがる」

「酔っていますね」

涙次穴とマルケサスの声である。持った懐中電灯が顔を照らすが、ダイバは寝てるふりをしてみせた。入口の戸がきしむ音して、もう一人入ってきた気配がする。

「喰いちらかして。どこでこんな料理作ったんだ」

「涙次穴、この部屋気味わるい」

二人が部屋を覗きこんだのを見計らって、ダイバは入口を見すえた。段の部屋は閉じられ、廊下にもれてくる光はない。入口から風が吹きこみ、廊下をゆっくり抜けてくる。ライターをこする音とともに入口はぼっと明るくなって、長い髪の中で、伏せ目となった卵型の顔が、くわえた煙草に火をつける。

一年ぶりに見たあすらの顔は、前よりもやせてみえた。少女の名残りのあったふっくらとした頬は、微かに頬骨も浮きでている。が、ライターの光で垣間見たTシャツの胸は、ブラジャーがなく、まだ豊かに張っていた。養鶏場で見た時には、その胸はピンクのセーターに包まれ、社長に横抱きにされると、厚での毛糸の中で乳房が揺れるのさえ感じられた。その冬はもっと豊かであっただろう。

汚物の匂いが鼻をかすめるまで、ダイバの目はそのセーターの中を探っていた。

靴を脱ぎ、あすらは廊下に上った。江戸川で見た時はズボンだったが、今は短いスカートで立っている。吹かす煙草の光は、スカートの色を確かめるまで届かないのだが、ゆっくりと片膝上げると、丸い膝頭が、落ちる灰の中でぼんやり浮かぶ。あすらは、上げた足先で、蚊に喰われたもう一方の足を掻いていた。

「こいつはここでいいんじゃないですか」

懐中電灯を照らし下ろすと、涙次穴は、あすらを振り返る。

「あたし、起きるまで待ちます。あたし、その人に話ありますから」

はっきりとした声だが、それは喉の奥でかすれていた。社長は、その声を、どこかで聞いた猫の声と似ていると好んだ。

「じゃ、起きたら言って下さい。こんな部屋で休むなんて、三人とも胸が痛いと」

涙次穴はそう言うと、持っていた懐中電灯をあすらに渡した。丸い光の輪はダイバの背から、廊下に跳び、ダイバの倒れている所は暗い部屋続きになった。

「マルケサスは、ひとつも胸痛まないよ。その部屋、コンドルの寝ぐらに思うから。僕ら親友だけど、一羽だけコンドルが混じっていたのよ。ハハハ」

一人だけ笑って、靴をはき間違えた。裸足になった涙次穴が、マルケサスの靴を持って追いかけると、一人になったあすらは、持った懐中電灯の光を、またダイバに向けた。

「おひさしぶりです」

起きているのを見抜いている。その挨拶は、皮肉を込めてダイバが言うべきものだ。が起きて向かい合うと、執着の眼を向けなければならない。段には、きっと用意したものを、あすらに差し向けると言ったのだが、体は暗い部屋からこぼれでる闇を抱えこんで、水平になったままだった。

執着すべきあすらはダイバの中にあって、今立っているあすらには関わりないものに思える。

「ダイバと呼んで下さい。それだけでいいのです。そう呼んでくれれば、あなたも僕もここから出られるのですから」

臆病になった泣き言だが、段にたしなめられたとおりに言ってのけたようで、気は軽くなった。

「でも、元々ダイバさんでしょう」

ダイバはその一言で起き上った。光源は見えるが、まぶしくてあすらの顔が目に入らない。

「僕はダイバではありません。ダイバダッタと申す者です」

照らされる丸い輪に手のひらかざす。そう告げた時の、彼女の表情を見るために、指の間から、その顔を見上げる。彼女に向けた手の甲は、向けられた輪を反射して、つぶした親指の爪も黒く光った。

「ああ」

と思い出したようにあすらは言った。

「あの時の、あたしがそんなふうに呼んだ時のね」

握った懐中電灯を、彼女はダイバから自分の足元に向けた。ささくれた廊下の板に、その光は反射して、素足の脛を這い、糸のほころびが見えるスカートの端にまとわりつく。スカートの色は桃色に近い紫だった。

「江戸川で見た時、あなただと分ったわ。アパートを調べに来た時、別人なのに、あなたじゃないかとも思ったわ。なぜか、社長よりも、ずっと、あなたのことが気になっていた。いつまでも怨んでいる人は、あなただけのような気がして。やっぱり、そうだったと分って、何の話になるんだろう。でも、話はしたかった。あなたに謝るつもりなのか、あなたという人を、あたしの人生から、消してしまうためなのか分らない。でも、あたし来たのよ。あたしにどうしろというのか。じかにあなたの口から聞くために。皆、あたしのことを忘れたがっている。なのに、あなたは、どうして立ち去らないのか」

「僕のほうこそ、そっちに聞きたい。どうして、この頭の中から立ち去らないのか」

「解雇通知のこと、それとも工場をつぶしたことですか」

「移動遊園地だ」

「…………」

「あの工場で製作しかかっていた」

「だから、工場のことね」

ダイバは暗い中でうつむいた。その仕事を取ってきた時、社長の顔は空《うつ》ろに笑って、うちでは手に負えないとつっぱねた。それでも、青写真を勝手に作って廃鉄を叩いていたのは、工場の作業が終った余暇であり、個人的な仕事であった。同僚の陰口は今でも覚えている。工場をつぶすのは社長のていたらくか、ダイバの趣味かと、皆笑っていた。

「きみを憎むのは、工場のことでもない」

「じゃ、なに」

わだかまりが解けない。顔を上げて、お前の信じたものはどこに行ったのかと責めるしかない。が、それを追い詰める根拠が口に出せない。養鶏場で、箱の中を片付け、彼女の恥じる物を手にしたことなどは、世にはびこる無数の神とは関わりない。それは人間の汚物でしかないのだから。ダイバは口を貝にして、黒い爪だけを撫でていた。

都会には、ルサンチマンが、ひしめき合うが、ダイバは、そのルサンチマンからも押しのけられていた。黒い爪が、自ら持った金槌で叩いた傷であるように、彼の向けるべき怒りは、ブーメランとして戻ってくる。撫でまわす爪の色は、そんな空振りの結果でしかないのだが、用意してしまった部屋の暗さは、ダイバの自嘲と関係なく、穴のように横にある。

「一時は解脱したと言った筈です。あの養鶏場の箱の壁に、そんな字も書かれてた」

「もう、それはやめて下さい。まるで、そう責める皆と同じじゃないの」

「じゃ、これだけ聞きます。暗がりは恐くなかったのですか」

「あそこに暗がりなんてなかったわ。励ます声や、ベニヤ一枚の向うで、うめくタントーラの声に包まれて。だから、あたしにはあれ以後のことや今が暗がり」

あすらは廊下に尻を落した。手から離した懐中電灯が、ごろと音たて転がった。光の輪は壁に向かって、それをはさんだ二人は、暗い廊下の中に座っている。

「でしょうね」

「ざまあみろと言って」

「僕はバールで戸をこじ開けたんです。そこまでして、社長と手伝った。どんな神が、どんな権力と闘っているのか、知りたい気持にもなった」

「あの時は頼もしかった。開けに来てくれる社長も、従いてきたあなたも」

「僕らは成就しない人間でした。あなたは二週間、そこにこもって成就したのではないですか」

「むし返すの」

「……………」

「ねえ、そう言ってあたしを戻すの。戻りたくない所へ」

「言葉だけでも戻らなければ、あの時、あそこで何をしていたのか分らないではないですか」

「やめて、ダイバダッタ」

あすらは、転がっている懐中電灯の所に這ってきた。それを摑もうとしかけたが、取ってダイバの顔を照らすのにはためらった。ダイバの目を確かめれば、さらに問い詰めてくる顔を照らし続けなければならない。

「どの神が、僕を首《クビ》にしたのか見たい」

ダイバダッタと呼ばれて、向かい合う気の張りが解けていくのが、ダイバには妙に思えた。

そう呼ばれた記憶から逃げようとしていたのに、今ではあすらの口から、何度も、その声を聞いてみたい。

「見たいのですか」

「その神を」

「棄てたんです」

「棄てる前は拾ったんだろう」

「居なかったんです」

「じゃ、どこに居るべきものなんだ」

「どこにも」

「あの時の神はそこにいる。僕にはそう見える。どこにでもいて、どこにも無く、勝手に拾って、好きなように棄てられる、その神はな、ぽっかり開いたその部屋に、いつも居る」

あすらは懐中電灯を拾って、言われた部屋に向ける。電気を止められたその部屋は、光の輪を遊ばせたが、止まった一点は、打ちつけられた窓のベニヤだった。

あすらには飲みこめた。ダイバが、養鶏場の箱部屋を、なぞったものを用意しているのが。

「どんな神が、あなたを首にしたのか、そんなに見たければ、ちゃんと見ればいいでしょう」

あすらは懐中電灯を、ダイバの膝にのせ、その部屋に入って行った。膝から下に向かった光の輪は、古畳から低い台所に延びている。立ったあすらの姿は、膝から下しか見えない。その足元に、彼女のTシャツが落ちてきた。暗がりの中で、ジッパーを外す音が聞こえると、両足は揃い、すべるように、スカートも落ちてきた。片足をくの字に曲げると、黒いパンティを手で下ろし、膝頭に引っかかるのを、上げたままの足指で、引っ掛け、畳に下ろした。

光の中に、太いももと岩に似た尻が、湯舟に沈むような恰好で入ってくる。あの冬、セーターの中に探った胸も、重く左右に揺れて下りてきた。脂ののった体は、神を舐めて張りがあるが、櫛を入れない髪だけは疲れてみえた。

「さあ、神を探しなさいよ」

その部屋の中には、ダイバが望む神も裸身も、すべて揃っている。見えない物は、あの時拾った、あすらの生理用品だけだった。

ダイバは、膝の懐中電灯を摑んで、光の輪を震わせた。それから、指を動かし、明りを消した。動かした指は、黒い爪の親指だった。暗い廊下に座って、なにもない部屋を見上げると、あすらの泣く声が聞こえてきた。

「もう、それで終りなの、ダイバダッタ」

微かに、そんな声も届いたが、泣く声に消された。

風が強くなったのか、入口の戸がきしんで大きく鳴る。四つん這いになって、部屋の中に手を差しだすが、明りはなく、あすらには、その手が見えない。

入口の戸が、また大きく鳴った。振り返ると、誰かの手で引き開けられた戸が、柱に打ちつけられた。

「おい、ダイバっ」

涙次穴の声である。

「明日の仕事が決まったぞ」

入り口に立ちはだかって、暗さに迷い、涙次穴は、ただ叫ぶだけだった。

「びっくりこくな。今、五十鈴商店から電話が入って、明日、ぶっこわす家は、この家だっ」

その声は、古い壁や、むしれた廊下に、最後通告として響いた。明りを消した段の部屋にも届いた筈だが、段の咳こむ気配もない。這って、部屋に入ると、手さぐりにあすらの衣服を掴み、裸の手に押しつける。

「さあ、出ましょう」

あすらが、うなずいたのかさえ分らない暗さだった。廊下に戻って、懐中電灯を拾うと、ダイバは、また光の輪を灯し、段の部屋を叩いた。中からの返事はなく、叩く度に揺れる南京錠の金音が響くだけである。それは、鍵をさしたまま、掛け金に下がって震えている。

ドアを引くと、それはすんなり開き、踏み込んだ拍子に、鍋と皿を蹴った。鍋からとびでた豆腐が、崩れて畳に散っている。小皿に盛りつけたネギも散り、かつお節は、豆腐くずの上に舞っている。

そこに頭を横にして、浴衣姿の段は倒れていた。胸に手を入れると、凍ったような肌だった。

倒れる前に持っていた冷やっこの匂いが乱れた浴衣の、将棋の駒にまだまとわりついている。

ダイバは、苦痛に開いた目を見下ろし、その瞼《まぶた》を閉じてやる。

「どうしたんだ、ダイバ」

涙次穴の声が廊下に響く。後退って戻ると、入口に立つ涙次穴に振り向き、隣人が亡くなった事を伝えた。

「ダンテスが死んだ」

それから握った懐中電灯を、あすらのいる部屋に射し向け、その体が、Tシャツやスカートに包まれていることを確かめた。

「壊されるの、この部屋、この家も」

「明日」

と言ってから、まだ座っている彼女の横に、ダイバも腰を落した。

「じゃ、出よう」

隣人の死は、あすらの耳にも届いたにちがいなく、あすらは怯えて立ち、立ち上らないダイバダッタを見下ろした。

「出ようよお」

「ここから」

座ったまま、ダイバは懐中電灯の光を、隣室につながるベニヤ壁に当てた。

廊下で寝る前に聞いた幻聴の声を、しきりにたどって、ベニヤの壁をなで回す。その声は、壁を抜け、棺に入って、代りにこの暗い世界から出るのが、今のダイバにふさわしいと語ったものだ。が、抜けやすく、剝がれかかったベニヤはなかった。

あすらは後退り、段の部屋の前で、目を閉じ、両手を合わしていた。立ち上ったダイバも、そんなあすらの横に立ったが、合掌はしなかった。段を跨いで部屋に入ると、棺となった部屋を見回し、彼のために用意してくれた冷やっこの匂いを吸った。

「そこに神はいない。人間が居ただけだ」

と言った声を思い出し、死体を見下ろす。その声はまだ続きがあるような気になってくる。

ダイバは膝をつき、浴衣姿の体を揺すって、「それから、それから」と顔さえものぞきこむ。

「もう話せないよ、この人」

尻ごみしていたあすらも、部屋に入って、ダイバを止めた。

「何をしてんの、ダイバダッタ」

風が吹いて窓を鳴らした。開いた窓から、中庭に首を揺らす向日葵《ひまわり》が見える。夜気の中の大輪は、懐中電灯を向けると、昼のような顔をみせた。

棺の部屋で、あすらを引き寄せると、黒い爪がなで肩の皮膚に喰いこんだ。

「出よう。あの向日葵の方へ」

窓に足かけ、ダイバダッタは、あすらと共に跳んでいた。

閉所快楽症

青年びかるが、その男を初めて見たのは金木犀の林の中で、灰色の猫を裏返しながら胸毛に、セルロイドの下敷きをこすりつけていた。

毛はセルロイドに立って、たなびく雲の尻尾のように揺れていた。

あなたもやってみませんかと言われて、びかるも下敷きを摑んだが、この時、強い風が林に吹いて、花粉症の気があるびかるは、吹きかかる金木犀の黄色い粉に鼻を押さえた。風も弱まり、粉もどこかに散ってから、下敷きを持って猫を見下ろすと、その猫は縫いぐるみだった。そして、男の姿も消えていた。

次に彼と会ったのは、道玄坂のファンキー・ファッション・人間スペアリブという名の半ソープランドで、びかると離れていながらも、売れっ子嬢目当てにひしめき合う二十人の男たちの中に混ざっていた。

「あなたは、こういうところに来てはいけません」

と群らがる頭越しに、ぴかるに声かけ、去年のコミック雑誌を投げてよこした。

緑色の壁に囲まれた待ち客の顔は、どこかイグアナに似て、過ぎる時間の中で身じろぐ音も、いちいち気になり、カーペットを這うようにして近づいてきた男に、軽く頭を下げたものの、そんな所で親しく会話をする気にもならなかった。

「こんなに待つほど、御執心なのですか」という問いに、いえ、もう、どうでもいいんですと、ぴかるは答えた。それから逆に、あなたこそ、ここの子に今夜中に会わなければ明日がはじまらないって意気込みですねと言ってやった。

「あなたが待つ時間を味わいたいだけですよ」

と男は言った。なにに腹を立てたのか、ぴかるにも分らないのだが、部屋を出て、金を返してもらおうとも思わず、外にとびだした。男も追ってくるかと振り返ったが、何分経っても出てこない。

その夜、ぴかるが寝ていると、ガラス窓に影が映って、「ぴかるさん、ぴかるさん」と声がした。窓を開けると、アルコオルの匂いも吹きこみ、よろけた男が、窓につかまり、小僧寿司の一折りを差し出した。

明りをつけると、男のこめかみから、一筋の血も流れて、差し出す折り箱の底には泥がついている。

「どうしたんですか」

「お恥かしい。酔っ払って駅の入り口で寝ちまったら、シャッターが降りてきて、はさまれてしまいました」

「待って下さい、手当てしましょう」

「いいえ、我が家でやります。すぐ、そこですから」

救急箱を取る間もなく、男は、寿司を窓辺にのせ、妙な歌をうたって去った。

その歌は、メタルのような満月が出て、酔っ払いが、らあらあと歌っているという自画像のようなものだった。折り箱を開けると、ネタののったシャリは、硬く、たこと青やぎを頬ばり、玉子も平らげ、黒ずんだまぐろも恐る恐る口に運んだ。が、硬い米粒は、みなビニール袋に捨て、冷えてしまった布団に仰向けになった。

夢は電極の嵐の中で、どれもこれも分裂していたが、ガタンと何かが倒れる音で、それもしばらく休止した。朝に起きると、机から卓上電燈が落ちていて、びかるのこめかみが傷になっていた。

顔を洗ってから、傷にバンドエイドを貼り、びかるは、健康体操をするために廊下にとびだす。その腕を振るった拍子に、部屋の表札がおかしなものに代わっているのに仰天した。彼の名は光であったが、内実、見てくれ共に、余り光っていないので、彼自身、「びかる」と呼んでいる。しかし、表札には、どこの誰べえと分るように、ちゃんと「光」が載っている。その

「光」は「光」になっている。この「゛」をつけることで、そのままびかると読ませようという誰かのいたずらだった。

「いやあ、悪しからず」

と、廊下の入り口で声がした。

びかると同じように、こめかみにバンドエイドを貼った男が、小さな茶封筒と大きなのを持って近付いて、こう言った。

「まったく悪しからず、ところで、びかるさん、昨夜、これを忘れて行ったでしょう」

小さな茶封筒には、一万二千円の金が入っていた。

「ファッション・人間スペアリブから、私が返却させたものです。こちらの大封筒は、さらにお楽しみ」

言われて開くと、人間スペアリブの売れっ子嬢惑子《わくこ》のプロマイドと、遊興案内を主とする新聞に載ったお尻丸出しの彼女の写真が五枚入っていた。

ファイルにまとめるほど、びかるが入れこんでいるわけではない。

「次は、この惑子の仰天過去を調べて持ってまいります」

「ぼく、そんな興味はありません」

「頼むと昨夜、おっしゃっていませんでした?」

「言った覚え、ありませんよ」

びかるは、人間スペアリブという名に引かれて入っただけだった。初めてであり、壁に貼った惑子の写真を見た時も、ああ苦手なタイプと思った。化粧で目鼻だちは、愛苦しくみせているが、顎だけは、文楽の人形のように前に突き出ている。人形のその顎は、男の裏切りに豹変した時に、もっとも効果を現わすもので、女性の強さを避けて通るびかるのような男にとっては、まず縁のないようなものだった。

するると、払った一万二千円は、縁のないものに、無理して近づくための金だったのかと、計算が合わなくなる。が、恐々と狸御殿に入ったようなものだとあきらめてもいたのだ。金に関しては、いつも消費した喜びのないびかるは、こうして運命に金を捨てているわけだが、それが返却されると、人生は急転直下、曲がると嫌な気もした。

「じゃ、仕事がありますので」

金とファイルを預け、男は駆け出して去る。その黒い後ろ姿の、見えない正面では、ククッと笑っている声もびかるには聞こえた。

部屋に入って、金は机の引き出しに納めた。ファイルされた新聞写真は、台所横の古新聞の束に突っ込んだ。

この日は、生ゴミを出す日で、昨夜の折り箱などをビニール袋に詰めて部屋を出ると、ゴミ清掃車は、すでに去った後だった。今迄にこういうことはよくあり、びかるは、隣りの町内に忍んで、遅れたゴミを捨てに行った。

アパートに戻る時、彼は遠回りながらも、金木犀の林をくぐった。強い風に花粉も飛び、あわてて鼻を押さえたが、ああ、今は秋と、春の杉花粉に恐れることはないと気付いて、ゆっくりと、風も黄色い粉も吸ってみた。すると、一本の木株にセルロイドの下敷きと縫いぐるみの猫が落ちていて、かわかぬ夜露の玉を浮かばせていた。セルロイドの露を拭って、樹上にかかる陽光にかざすと、温もりは、その下敷きにゆっくりと広がってゆく。それから、ゆっくりと下敷きを木株に置いた。

部屋に帰ると、女友達まどかが、四つん這いになって待っていた。

「お早う、ぴかる、さあ、私を自由にしてごらん」

嬌声をあげ、仰向けに転がると、新聞束から引き出した写真を天井に投げつけた。

「ぴかるったら、こういう趣味あったのね」

部屋に散る裸の写真を拾い集めながら、僕じゃないよとぶつくさ言ったが、弁解は、まどかを面白がらせるだけだった。

「不潔ねっ、ぴかる」

「行ったからかい？」

「コレクションまでして」

「だからさ」

「そんなに、あなた不自由してんの」

こういう質問にはいつも口ごもり気味のびかるだ。そこを狙って、三つあみのまどかは、「ねえ、どうしたいの、男の人って、一体どこまでやったら自由と言えんの」と難しい問いを投げかける。

大学の二年だが、心理学の半可通のまどかは、よくフロイトやユングを引っ張り出し、夢のあらましなどを解く。それが明快に解けないと一日中、機嫌が悪い。びかるにとっては、その訳知り顔が小憎らしく、機嫌が悪い時のまどかの方に好意を感じる。それは解けなくて当り前とびかるが思っているからだろう。一度、まどかが、女友達の見たネクタイの夢について、まことしやかに話しているのを見たことがある。

『それは、あなた、欲求不満よ、ネクタイは父親のペニスなのよ。だから、あなた、ファーザー・コンプレックスなの』

こう分析されて、その女友達は顔を曇らせ、こう言った。

『でも、あたしのお父さん、畳屋の自営業で、ネクタイなんかしていないのよ』

びかるは微笑んだが、まどかは、丸顔の小さな目を光らせて、象徴としてネクタイとペニスを同じ意味にさせようと、さらに熱弁をふるっていた。

「あたしに昔ラブレターを送った奴でさ、こういうの、せっせと集めてるのがいたけどさ、そいつったらさ、はさみで、ヌード写真の首から上を切って捨てちゃって、そのくり抜いたところに、あたしの顔写真貼ってんの。サイテーでしょ。丁度、あたし、そいつんとこ遊びに行って、それ見つけちゃったんだけどさ。そいつの人格疑うどころか、虫ケラみたいな奴と思ったわよ。あんただってやりかねないわよ」

「まどかさん、ぼくには、すげ変える顔を持った恋人が、残念ながらおりません」

「だからって、こんな写真で安くあげていいのですか、見識を疑うわ。品格を、あなた自ら落としてんのよ」

「困っちゃうな」

「困っちゃうのはこっちよ、あたしが来る度に、品格が落ちちゃって」

　確かに、まどかは、ぴかるの暮らしぶりが、まずい時にばかり顔を出す。最初は、チリ取りの柄で、インスタントラーメンを掻き回している時に入ってきた。引越したばかりで箸がなかったのだから仕方がない。次は、インキンタムシの薬を股に塗っている時の参入だった。これだって誰でもやることだ。その次は、テレビの時代劇を見て泣いている時にこっそり入って来て、入って来たのも知らずに、おいおい泣いてるのを、首を傾けて観察していた。一番ひどかったのは、電線に引っかかった女性のパンツ、それは風に飛んで引っかかったのだろうが、それを取ろうとして物干し竿を伸ばしている時だった。手元が狂って隣家の軒先にあった蜂の巣を叩いてしまった。飛び込んでくる蜂に、ぴかるは座布団を冠って防いだが、入ってきたまどかは、顔から腕の十ケ所を刺された。アンモニアを持って来てと叫ぶまどかに、コップに小便を溜めてさしだすと、思いきり股ぐらを蹴られた。なぜ、あんな女性の下着を取ろうとしたのという問いに、ぴかるは、電話に雑音が入る原因が、あの電話線にひっかかったパンツのせいだと答えると、バカ、あれは高圧線よとあきれ返った。が、それは、電話線でも高圧線でもなく、街灯に引いた只の電線だった。

「もう馬鹿はやらないと言ったのに、またあなたは、こんなことをして。安い女の裸みて安い青春をすりへらして、なんのための若さなの。さ、押し入れ入りなさい」

ぴかるは、閉所恐怖症だった。

押し入れに布団を収める時さえ、そのまま押し入れの奈落に落ちるような気がする。洋服ダンスの中も恐い。えもん掛けに吊られて、タンスの底に落ちるような恐れにとりつかれる。閉所が恐いというのは、その空間が呼び起こす様々な妄想のためで、誰かに、安心おし、ただのベニヤ板だよと言われても、脳に広がる妄想空間は、元に戻らない。

一度、山のさびれた旅館に泊まった時、小さな部屋に通された。宿泊者はぴかるしか居らず、部屋の仕切りは襖であった。しかも、部屋は長屋のように八部屋連なり、その仕切りは、全てガタのきた襖で、風にうるさく震えていた。そのせまい部屋を恐いと思ったのは、圧迫感のためだけでなく、隣室のまた隣室の襖が、一斉に倒れてきたらと思う恐怖から始まっている。

それは、閉所というよりも、掴みどころのない果てしない広所を呼び起こした、物の化が、襖の倒れた向こうから、八部屋を抜けて襲いかかってくる、そう思うと夜も眠ることはできなかった。

「さ、押し入れに入りなさいったら」

「濡れ衣《ぎぬ》だよ」

と言いながらも、びかるは、まどかの開けた押し入れに入って、暗がりに馴染んできた壁に背中を押しつける。なぜ、押し込めたいのか分らぬ女を見上げ、冗談のつもりを確認しようと、軽く笑いかける。その答えはビシャリと、横なぐりのギロチンみたいな、シャットアウトだった。

せめて、マッチ棒一本のすきまがあったらなあと念じつつ、ゆっくりと布団の下から出てきた赤まだらの手が、肩にかかるような気がする。

『私は、あなたに会いました。しかし、誰もが、あなたに会った私など、見たことはないと言うでしょう。そして、ここが肝心です。誰もが、そんなものは見たことはないと言う時、あなたもまた、あなたさえと言ってもいい、私を知らないと言うでしょう』

そんな声が、びかるの内奥から、くぐもって響いた。

誰が言っているのだろう。

ぼくは、誰の声をなぞっているのか。金木犀の香りがなびき、その声の主をたどることで、閉所の恐さはいくらか遠のく。

三十分も経ったろうか、押し入れを開けると、彼を罰したがるまどかは居ない。

散らばったプロマイドと新聞写真を集めて、部屋を出る。町内を一周して、男の許にそれを返そうと思うのだが、彼の「我が家」はどこか分らず、ただ、いつもぴかるの行動を観察している男なので、横丁からふらりと出てくるような気もしたが、追うとどこかに消えてしまうのか、ぴかるは同じ所を二周するばかりだった。人間スペアリブのある渋谷に向かい、きっと壁からはがしてきたのにちがいないプロマイドを、そこに返そうかと出かけたのだが、昼前では、店はまだ開いていなかった。映画館に入って、開店までの時間をつぶすと、咳ばらいする客の誰かが、男のような気がして何度も振り返ったりした。館内が明るくなった休憩時間に、ファイルを席に置き、ぴかるはトイレに立ったが、戻ってくると、置いた席にファイルはなく、後部座席にそれはあった。それを別の席に置いて、またトイレに立ち、戻ってくると、前席の端に置いてある。次に、ファイルをトイレの前に置き、自分の体を席に縛るつもりで深く座らせ、何分かしてトイレの前を覗きにゆくと、ファイルは、予告板にピンでとめられてある。この間、何の映画を見たのか覚えていない。さあ、動かせるものなら動かしてみろと、ファイルを抱いたまま、席にうずくまっていると、古い映画の銀幕に雨が降り、その雨の中に傘をさした男が進み寄り、ぴかるを見下ろしながら、「映画は暗がりから、人の心の奥を覗くようなものです。そこに雨が降っている。だとしたら、どんな傘が必要でしょうか」と難しい質問を浴びせたりするのだ。映画館を出ると、外は秋の夕暮れになっていた。ぴかるは、プロマイドを返すつもりの店に行き、店前に立つチョビひげのマネージャーに会釈して、茶封筒を差し出した。

受けとると同時に走って逃げるつもりだったが、何の冷かしだ、てめえ、と相手はぴかるの胸ぐらを掴んでいた。

「返しにきたんです」

封筒の中を覗いて、相手はありゃりゃと唸った。

「これで分った。仕業はてめえか」

「いえ、友人です」

とふりほどく弾みで、手が、相手の頬に当った。お返しでもらったゲンコがびかるの口に当り、ネオンが8の字に回る。

「うちの店に、なんのケチをつけようってんだ」

「ケチなんかつけません」

「言いたいことあるなら、言わんか、このぷう太郎」

その乞食呼ばわりが腹立った。

「ろっ骨を売るのはやめて下さい」

かねてより思っていた一言が口から出た。

「脇腹を売るのはよして下さい」

「うちが、だれのろっ骨を売ってるだと？」

「女の人間スペアリブを味つけにするのはやめて下さい」

「そう言って、てめえ、惑子のプロマイドを盗んでったんじゃないか」

突かれて路上にへたりこみ、男が見ているのではないか、どうして加勢しないかと、群がった通行人を振り返る。

男の呼び風ははたとやんでいる。

なぐられ損で帰路をたどりながら、人間スペアリブの店に入りながらも苛立って出た衝動を、少しは理解した。が、女のろっ骨を売るのはやめてくれと言ったのが、脇腹や脂身から遠去かる清い言葉に思えて、思い出す度に頭を掻いた。

「なんか、大変だったようですね」

アパートのある町の、駅のアーケードをくぐった時、電柱の陰から男が出てきた。しわくちゃのハンカチで、ぴかるの口に染む血を拭いかけ、ぴかるが払うと、「私が余計なことしたために」と、ハンカチをくわえた。

「あなた見ていたんですか」

男は何も答えず、ぴかるの背中についた泥を払った。

「どうぞ、家で体を洗っていって下さい」

他人にいたぶられた後の甘えだったのか、ぴかるは、後ろから首をしめたい気にかられる男の後についた。その家のシャワーを浴びて、お茶でも出されれば、少しは許すつもりもあって、自分のアパートがある町内を一巡りして、また同じ所に出る。

「どこなんですか」

「もう少しです」

とは言うものの、商店街裏のだらだら坂をまた下り、廃業した寿司屋の前にさしかかる。二巡りするだけの妙な道行に、あなたの家はどこなのかと立ち止まると、男は、ぴかるの後ろに回って用意してきた包帯で目隠しをした。

手を引かれて入った場所は、洗剤の匂いがした。クリーム色の光りが辺りの壁に反射して、アパートの廊下にしては明るすぎる。ドアを開けて、エレベーターの中よりもせまい空間に入ると、二人の息づかいさえ壁に撥ねかえるきゅうくつな場所である。

「我が家です」

包帯を外すと、目の前に男の顔があり、その頭上に銀色のノズルが突き出ている。その上に棚があり、段ボール箱が積み重なって、開いた箱から突き出た棒に、下着がかかっている。足元には、エロ本が散乱して、喰いかけのチキンと、封を開けていないカップヌードルが何個か転がっている。

「さあ、脱ぎましょう」

と男は、セーターを脱いで、染みのある肩と胸を露わにする。バンドを抜き、ズボンもとると残尿の跡があるパンツ一枚になる。

「ぴかるさん、我が家方式にのっとって下さい」

トンと外からノックする音がする。慌てて、男はぴかると立ち位置を変え、壁のコックを回す。銀色のノズルから水が放射して、男はそれを頭からかぶった。撥ね返る水は、ぴかるのズボンにとんで、流れる水は、エロ本とカップヌードルに染みながら、じょうごの口に吸いこまれてゆく。

ノックした者が立ち去ると、男は、それでも外に耳をこらしながら、ゆっくりとコックをしめて水をとめる。

そこは、町内の角にあるコインシャワー室だった。

「あなたは開放された空間でいつも羽を伸ばして、自由を胸一杯に吸っている。うらやましい限りです。しかし、私はこういう所で、はらはらしながら一日一日を刻んでいるのです。思い出して下さい。私を置いてきぼりにしたのはあなたなんですから」

「知りません、そんなあなたなんか」

「思い出したくないからでしょう。それでそんなに冷たい」

胸にとんだ水の玉を手のひらで拭う。ここにはタオルもないのか。

「あなたは、知的労働に生きようとなさっている。私は単純労働に一日一日をすりへらしている。私が働いている所は、こんなものではありません。あなた方が捨てるゴミの山の燃える谷間で、呼吸もとまるガスの中で汗を拭っているのです。あなたは閉所から開放されたのに、どうして、私は閉所に閉じ込められなければならないのですか」

ぴかるは、男の顔をまじまじと見つめるのだが、その顔は、ぴかるの視野を狂わすように近づき、そむけたびかるの頬に鼻を押しつける。びかるは向かいの壁にはまった鏡を、男の肩越しに覗いた。そこには、男の後頭部しか映らず、天井の蛍光灯に、針ねずみの毛に似た硬い髪の先が白く光っている。そして覗いている自分の顔が、金魚のように口をパクりと開けている。

「これから、私はどうしたらいいでしょうかと、私が聞くと思ったら大間違いです。あなたはどうされるのかと私は言いたい。びかる、不幸なびかる、あなたは私を置いてどうなさるつもりですか、あなたの暮らす所は、しょせん空白ではありませんか。まどかごときアホ女に、心の精神分析をされるぐらいのもので、あなたは、知的快楽のマナ板に乗った馬鹿な鯉です。びかる、正気になるのです」

　こういう問いを聞いていることこそが正気とは思えない。

「ぼくは、あなたをどこに置いてきたのでしょう。どこに置いてきたと言うのですか。兄弟でも友達でもなかったあなたを、捨てた時と場所をはっきり言ったらどうですか」

「それを言えば、私は去るしかありません。そんな馬鹿なあなたの前から、私は去るつもりはありません」

「というあなたのやったことは何ですか、人間スペアリブから金を取り返してくれたり、シャッターに頭をはさまれたり、冷い寿司を持ってきたり、間の抜けたぼくと五十歩百歩ではないですか」

「私は友情のつもりでやったわけではありません。あなたの愚行の影を踏んでみただけです。

意味もない影に自らを重ねて、あなたの悲しみを知っただけです」

ぼくは悲しくない、ぼくの日常は決して悲しがられるものなんかではないとびかるは力説したが、空白の誇りに寄りかかれるわけでもない。舌の裏から小砂利が出てくる。

「ならば、聞かせて下さい。あなたは、どんな閉所を味わっているのか」

「あなたは知っていますか、捨てられた病院の注射針を摑んで刺してしまった時の、あの心許なさを。蠅が私だけを愛して飛んでくるとまどいを」

「そんなものの何が閉所ですか」

「ボンベのガス抜きをやっている時の目まいを。その時思います。私の知覚は何かにフタをされかかっていると。でも、閉所はあなたの方にもあるのです。都市がいかに便利に発達しようと、人の頭蓋の脳以上にはなれんのですから。あなた方は、自明の理という閉所に閉じこもっているのです」

コインシャワー室を誰かがノックする。びかると男はまた立つ位置を変え、コックをひねって、男はシャワーを浴びる。あきらめて去った後、びかるは、これ以上、そこにいるのが耐えられなくなってきた。水びたしのチキンの骨を踏んづけ、びかるはドアを開けた。

「苦しいです。あなたと話してると胸が詰まります。あなただって、こんな所で夜を過ごせるわけないでしょう。もし、よろしかったら、うちに泊まってもいいんですよ」

びかるの声に、シャワーをかぶったまま、男は「ありがとう」と言ったが、動こうとはしなかった。

部屋に帰ってからも、男の声が耳につき、深夜のディスクジョッキーを聞いてまぎらそうとすると、タイルに撥ねるシャワーの音にみな聞こえた。

その音は布団をかぶっても響いた。

次の朝、ぴかるは、コインシャワーのある一角から離れるつもりであったが、そこに横付けされた工事車から水道管を運ぶ一人の人夫と、コインシャワーを管理している隣りの喫茶店マスターの姿を見つけて、ふらふらと歩み寄った。

「水が止まらないいんだよ」

マスターの声で、昨夜入った一室を覗くと、放りだされた段ボールと雑誌を踏んづけて、一畳もないその個室で立ち働く人夫以外に誰もなく、溢れる水はじょうごロに音をたてて流れこむ。

「昨夜の十二時迄、ここに籠城してたのがいたらしいんだけど」

そんな声を背中で受けて、ぴかるは金木犀の林に向かう。彼が寝たのは、ここではないかと、木株をさぐると、芝生はそこら一帯踏みつぶされて、ぬいぐるみの猫の上にセルロイドの下敷がかぶせてある。その下敷の上に、散った金木犀の花粉がのっている。

彼とはもう少し話をしなければならない。そして、思い出せない男は、話の結着で、さらりと消してしまわなければならない。昼を過ぎてから、男を呼び出そうというのか、そこに行けば男がふらりと現れてくれるのか、渋谷の人間スペアリブに足が向かった。が、男にはこのまま会わない方がいいと、気持のたづなを引き締め、びかるの足は、まどかのアパートに方向変えた。

「どうした？」

と洗面所でシャンプーさなかの頭をあげながらまどかは言った。

「うん、人間スペアリブにまた行ってしまうところだったので」

「それでどうしてうち来たの？」

シャンプーの泡を流しながら、上体を、洗面台に傾けた時、短いシャツがたくし上がって、まどかの脇腹がのぞく。

浮き出たろっ骨を見ながら、それで君のスペアリブを見に来たと言って、びかるは部屋を出た。自分の部屋に帰ってから、しばらく正座をしていたが、誰かが来るわけでもないのに行儀正しい姿がおかしかった。ひざを崩すと、カタリと入り口で音がして、ドアを開けると、表札がなくなっている。

コインシャワーの工事は終っていた。そこに駆けつけると、クリーム色のドアの横に、「光」の表札がかかっている。

「どうぞ」

とシャワー室の奥から声がする。

ドアを開けると、男が壁に寄りかかり、もぎってきた金木犀の小枝を揺らした。

「ようこそ、せまきこんな我が家に」

ドアを閉めて、びかるは、鏡がはまった壁の方に立つ。その鏡にはびかるの後頭部しか映っていない筈だ。

「ぼくは、あなたを思い出せません。ですから、あなたも思い出させたいのなら、あなたのやっていることをぼくにやらせてみてくれませんか。あなたの働いていること、あなたが苦しみの中にいることなどなどの中に、ぼくを混ぜてほしいのです。ここを出て、ゆきましょう。あなたがいつもいる所へ」

びかるのその思い詰めた態度に、男は、せせら笑って身構え、お人好しにも、あっさりとそうはゆかないと呟いた。

「なぜなら、急いで、私を消してしまおうとしているからです」

「そういうふうに消せるものなら、こうは来ません」

「消さなくても、私は、もうすぐ居なくなってしまうのですよ」

びかるは首を振った。

「その時、あなたは言うでしょう。ああ、そんなこともあったな、そんな奴もいたな、でも本当のことは分らないと」

「言いません。あなたは現にいるんですから」

「でも、輪郭はゆっくりとぼやけていくでしょ」

否《いな》とびかるは男の体を摑んで揺さ振った。嫌なほこりと臭いと光が、その体から発散して、金木犀の匂いもかすむ。

「びかるさん、辺りはとても狭いです。揺すられる度、体の骨もギシギシと鳴ります。辺りはまっくらで、ローラーの音ばかりが聞こえます。あなたが、私の顔を、そこの鏡で見えるようにしてから、私はもう立つ力もありません。私は、鏡に映った私の顔に話しかけることはできない者です。でも、あなたはそうなさった。そう仕向けたのです」

ドアを叩く音がする。マスターの声もする。「びかる、開けて、びかる」と喚《わめ》くのは追ってきたまどかの声だ。

「さようなら、びかるさん、もう忘れて下さっていいのです」

男はそう言ってシャワーのコックをひねった。水は降りそそぎ、その水の煙幕で、鏡に映った自分の顔も消え、男は安心したように微笑んだ。

ドアが開けられた時、そこに濡れて立っているのは金木犀の小枝を持ったびかるだけだった。

そのびかるを揺すってまどかは叫んだ。

「なんで、こんな所に引越すの、もう、押し入れから出さないからね」

そして、「光」の表札をもぎ取った。

階段

「階段はここに置いてゆきます。どうぞ御存分にお使い下さい。僕にはこれが階段としかみえないのですが、あなたが使われている時は何なのか一度たしかめたくも思いましたが、仕事の時間がくい違うのか、なかなかお目にかかれなかったことを残念に思います。

これを階段というのは間違っておるかもしれません。ドレミファ台とも呼ぶべきでしょうか。台の高さは普通の踏み台ですが、そう、こんなのはよく銭湯の番台の下に置いてありますね。腰の悪い番台の婆さんが、降りたり上ったりするために、三段の造りで。しかし、この踏み台の段は数えると八段です。小刻みの八段は、丁度、ドレミファソラシドの八音階。それでドレミファ台と呼ぶこともありました。

僕、これから一ヶ月ばかり東京を離れます。K警備保障の警備員を職としておりますので、社命によって、大阪の博覧会の警備に出向かなければならなくなったんです。

ですから、今迄のように、僕の居ない時間を見計らって、合い鍵で僕の部屋に入って、この階段といいますか、ドレミファ台を使われるよりも、いっそ、あなたのところにあった方がいいと思ったわけです。

アパートの管理人さんも昨日から別の人になったので、もし、僕の部屋に入ってとがめられでもしたら、あなたも困るでしょう。他人が、他人の部屋に入って階段だけを使っているなんて口実は、頑固そうな新管理人には通じないかもしれません。

ですから、この階段は、晴れてあなたのものになった方がいいでしょう。

僕がアパートに引越してくる前からあったこのドレミファ台は、僕の前に住んでいたあなたの時代にもあって、また、あなたが住む前にも誰かが使っていたものでしょうが、一番このドレミファ台に執着されているあなたの専用物になってもかまいはしないと思うのですが……。

立派なマンションですね。

朽ちたこの階段が、ひけを感じてしまいそうですが、ニスでも塗って化粧してあげて下さい。

というわけで、ここに置いてゆきます。

ですから、僕の部屋に入った合い鍵は、新管理人のところに送って下さい。くれぐれもドブ川にポチャンと捨てるなんてことはないようにお願いします。

これも警備の仕事をしているせいか、つい口うるさくなってしまいましたが、どうぞよろしくお願いします。

それからもうひとつお聞きしたいことがあるのですが、これはハガキにでも書いて、僕のあのアパートに送って下さい。簡単に一、二行でもかまいません。それは、あなたが、何の用で、あの階段を使われたかです。

前に住んでいた者で、あの台だけをちょっと使わせて下さいとメモがあり、不審者でない証拠にこのマンションの住所とお名前も書いてありました。それはそれで信用しているのです。ただ、何の為に使用したかということを、僕の日誌に記さなければならないのです。

僕の日誌には、あなたが入られて、階段を使用した日時が、概算ながら記してあります。それは、あなたも気付かれたと思いますが、ドアの内側にぶら下がっている万年砂時計です。万年といっても、あの一斗ダルの中に詰めた砂は十四、五時間しか持ちません。一斗ダルの腹に詰めた砂は、蟻のオシッコのような砂を垂直下のブリキ皿に吐きつづけますが、十四、五時間で空っぽになります。ただその万年砂時計の横っ腹に水平に棒を渡して、その棒にのれんを下げてあるでしょう。入室した者は、そののれんをくぐらなければなりません。そうすると、のれんを払った時に、ぶら下がった万年砂時計のタルはちょいと揺れます。すると、そのタル穴から垂直に垂れていた砂が、揺れて、下にぶれ、のの字を描いたりするわけです。

その乱れた字は、砂の堆積のどの辺りかということで、入室者の時間を計ることができる仕掛けなのです。

それで、あなたの入室時を概算したというわけであります。同じように、出てゆく時ものれんを払わなければなりませんから、砂の乱れで判定することが可能です。

そうして、時間はちゃんとメモしてありますが、使用意図という欄は空白です。

教えて下さい。
一、二行でかまいませんから」
警備員、品野《シナノ》恭二《キョウジ》が、マンションのドアにこんな手紙を張り付けたのは、一ヶ月前のことだ。大阪の博覧会も終って、東京の木賃アパートに戻った時、一ヶ月前に砂を吐き終った万年砂時計の下をくぐって、投げ込まれてあるやもしれない返報を、部屋の中にさがしてみた。

厳しくたしなめた以上、部屋の中には入らなかっただろうし、返事の手紙は、六畳の奥に転がっているわけもないと、またドアの内側に戻る。

手紙は、入室しないとすれば、ドアの下のすきまから差し入れられている筈だ。が、通ってきたそこに、やはり、そんな物は見当らない。そこで、もう一度、室内を見回した目に、手紙ばかり探して気付かなかった或る物が、おっとりすましたというか、せせら笑った擬人法で、でんと座っているのが見えてきた。

階段は戻ってきた。

戻された。つまり、一ヶ月の留守の間に、今はマンションに住む他人の手で、この部屋に帰還したのである。

管理人室にかけおり、誰かが合い鍵を置いていったかと聞いてみたが、ベレー帽の下にいつも疑わしい小さな目を、管理人室の外に向ける親爺は、首を振る。

鍵を置いてゆかないということは、今迄のように忍び込み、階段をさらに使用するということのように思える。

シナノ恭二は部屋に戻って、もう一度、階段を点検してみる。マンションに合わせてニスの化粧でもしなさいとメモに書いたが、それは前のままで、釘の頭も少し出ている。彼は、階段にかまける時間にうんざりして、空になった万年砂時計に戻り、ブリキ皿に吐いた砂の山を、タルの中に詰め込む。そのタルは、一斗ダルを加工したもので、平たい底を抜き、三角円錐の板を繋げてある。三角の先が下向きになって、その先端にある穴は、爪楊枝が一本入る程の口径だ。その穴に向って、詰め込まれた砂はゆっくり下降していくという仕掛けだが、タルという木質は、湿気のある季節には、砂をも重くして、下降を遅らせる。そこで、タルの内部には、トタン板が巡らしてある。

タルの上にある砂注入口から、コップにすくった砂を入れると、トタン板をすべってゆく砂の音が、空洞だったタル腹に響く。逆さになった三角円錐の先から、ある速度をもって吐きだされてゆく砂を見て、「これでよし、内部は湿めっ気なし」と安心して、爪楊枝を、先端の穴にさしこむ。

砂を全部詰めれば、重さは百キロ弱であろう。それを吊る横柱には、親指の太さのボルトが四本打ち込んであって、そのボルトにタルを四方から吊る鎖が引っかけられるようにしてある。

砂は満ちた。楊枝を抜けば、いつでも万年砂時計は、帰ってきた彼の時間を刻み始める。が、戻ってきた階段が気になって、彼は、彼の時間を開始するのをためらう。

シナノ恭二は、警備員である職を恨むつもりはないが、警備しろと言われて、警備したくないと思うものが一つある。

それは夢の中に時折りでてくる。

誰かの声がして、彼はその指示のままに、万年砂時計の腹の中に入る。そんなことは現実には不可能だが、ともかく夢なので、そのタルの中に入る。そして、下降してゆく砂粒を警備するのである。

砂と共に落ちながら、「警備しきれません」と叫んで夢から覚める。

見たこともない他人に、階段だけを貸すというこの繰り返しが、そんな悪夢にならなければいいと願うばかりだ。

正体の分らないものに、それを願って、少うし、気分に結着をつけたのか、恭二は、万年砂時計の楊枝を抜いた。

砂の落ちる音を聞きながら、彼は仮眠をとった。東京に帰ってきたこの日の夜から、また仕事に出かけなければならない。

三時間程寝た後に、豆腐屋がラッパを鳴らす夕方、ムックリと起き、それから顔を洗った。

顔を洗う場所は台所で、飯を作るところと顔を洗うところが同じであるという事実が少し悲しかった。そして、秋の夜、何が入っているかも分らない倉庫の周囲を、巡り巡った。ただならぬ音と、並々ならない光りを探すというのが彼の商売だが、職務中の彼は、時々、自分を「オーメン」という映画に出てくるダミアンに似ていると思うことがある。

冬の夜気に、自分の口からでた白い息をみる時など、「行け、行け、ダミアン・ソーン」という声まで聞こえる。

一度、夜の倉庫で一人の女を追ったことがあった。捕まえると、それは、好きになって何度も通った喫茶店の女性であった。女はシナノ恭二に衿首を引っ摑まれたまま、兢々《きょうきょう》とした顔で風呂敷包を差し出した。それは、彼が腹を空かしているのではないかと思って持ってきた差し入れ弁当だった。暗がりから出て彼を驚かすつもりだったらしいのだが、「このやろうっ」という恭二の形相にびっくりして逃げたのである。

「そうか」と恭二は笑ったが、女は笑わなかった。女が差し入れ弁当を置いて帰った後、恭二はその風呂敷包を解いたが、箸がなかった。そこで、弁当の飯を手でむしって喰った。冷えた飯にかかる白い息と、飯粒のついた自分の爪をみながら、彼はまたダミアンのことを思ったりした。

その夜のことがしこりとなって喫茶店の女とは切れてしまった。もう十ケ月も前のことだが、職業意識が恋愛の可能性を断ち切ったとは思っていない。職場での自分を女が全く理解しなかったのだとかたづけた。

秋の夜の倉庫を巡りながら、恭二は警棒で空気を×印に切り裂く。シュッと鳴る音は、暗がりに潜む誰かを脅すためではない。彼は理解できないものが、頭の中に充満すると警棒で空気を乱す癖があるのだ。

その理解できないものは、去った女と、戻ってきた階段のことだった。が、警棒を振り回すごとに、頭の中のムラグモは更に乱れた。

翌日の昼に部屋に戻ると、万年砂時計の砂が曲って堆積しているのをみつけ、あ、また入ったと彼は呟いた。

窓も開いている。

階段は窓に向かって置かれている。それは常にその位置なのだが、窓を開けたまま帰ったことは今迄になく、階段と開けた窓には何か関係があるのかと、座ったまま、開いた窓をながめてみた。

擦りガラスをはめたその窓は、少し開いて、閉め忘れたというようなものでなく、鍵のついている真ん中のさんまで開け放ってある。

これが手紙の代りの答えかとも思う。

かび臭い階段にもっと風を通しなさいというわけか、それとも、忍び込むだけでなく、外からも階段が見えるように開けていったのかと首を傾げる。後のほうの推量で、窓に行き、室内の階段が見える外側からの場所を探すが、向かいは商店街の二階やら雑居ビルで立ちはだかられ、せまいガラス窓を通して階段を見ようとしても、向こう側のそれらしきところに窓はない。

この日の日誌に、恭二はこう書いた。

「侵入時は、午前十時過ぎと思われる。退出時は十一時半。使用意図、依然として不明」

そう書き終ってから、マンションに向かおうと万年砂時計の下まで来たが、また戻って、階段を抱えた。

砂を吐き終ったタルの下を抜け、彼は抱えた階段を、室内から外に出す。また、マンションに届けるわけでなく、恭二は、その階段を抱えて、アパートの階段を下りると、（ああ、階段を持って階段を下りる時、彼はどんなに奇妙な気持になったか）、アパートの二、三軒先にあるパチンコ屋の裏に向かった。

その裏地に階段を隠す空間がある。コンクリの壁に囲まれた二坪ほどの場所だが、前は何かの置き場になっていたものの、今は使われていない。気がかりなのは、店の閉店後にパチンコ玉を磨くといわれる凄まじい電光が、バチバチと爆ぜて、上から落ちてくる場所がそこだ。

そこに階段を置いて、放り出されている雨ざらしのシートを掛ける。そうすれば、粗大ゴミと間違えられずに、彼の監視下に隠匿することになる。気になるのは深夜に落ちてくる玉磨きの火の粉だ。

部屋にもどって階段のない部屋をみる。

侵入者は、さぞがっかりするだろうと同情もするが、誠意が通らなかった以上、こうした語りかけ方をするのもやむを得ないと自分自身を納得させる。

『だから、僕は向う専用のものにしてくれと言ったんじゃないか。それを返してくるなんて、そしてまた黙って入るなんて、まるで、僕の部屋に忍び込むのが楽しいみたいではないか』

これが隠した理由だが、侵入者を困らせる狙いの声は押しころした。

万年砂時計に砂を入れ、その静かな砂音を聞きながら、彼は午後一時から仮眠をとった。豆腐屋のラッパの音で起き、台所で顔を洗って、また倉庫の警備に部屋を出る。こうして昨夜と同じ繰り返しを務めながらも、階段のない部屋に入った者が、どうするかと思うと、倉庫を巡りながら、溜め息がいつもよりも多い。

どうしたと聞く同僚には、とるに足りないことさと答えたが、夜更けてでる夜食も半分しか食べられなかった。

恭二は、侵入者が諦めることを恐れた。階段がないのをみて、「ありがとう、今迄、さようなら」と簡略なメモを残して去ったらばと思うと、淋しいような気にもなった。そんな感情よりも困ることは、日誌の使用意図が全く空白のままになってしまうことだ。

仕事のひける翌朝の十一時、彼は業務報告を仲間に任して、自分の部屋に帰ってきた。

窓の鍵は掛けたままだ。階段のあった畳の上は、移動した時に擦り切ったのか、ささくれだっている。なにも変ったことはない。入室さえもしなかったのかと万年砂時計の下のブリキ皿を見る。おやと、そのブリキ皿の上に、一時間分しか吐かれていない砂に目がゆく。昨夕に部屋を出る時、吐いた砂は、みなタルに満たし、それから止め栓の楊枝を抜いた筈だ。

それが、部屋を出てから、一時間程で止まっている。下に向いた三角円錐の口に誰かが、また楊枝を突っ込んだわけではない。

砂を注入するタルの蓋を開けると、砂はまだ満杯だ。そんなことはタルの重さで分っている。ひしゃくをすべり込ませて、その砂をすくってみると、どこか湿めっている。その湿めっぽさが充溢《じゅういつ》して、砂の下降を止めてしまったのかと、タルを揺する、そして叩く、が、吐き口から一粒もこぼれない。

『水を入れられたとしか思えない』

そう思うと、階段を隠したことへの仕返しと受けとった。

『階段を隠したことで、僕の人生を止められちゃ、たまったもんじゃない』

秋晴れの午後が幸いした。恭二は、湿めったタルの中の砂を、乾しにかかった。二階の窓の下のトタン屋根にゴザを敷き、そこにタルからすくいとった砂を平たく並べる。タルの重さを除けば、九十五キロ程の砂は、二枚のゴザ一杯に広がる。トタン屋根の勾配は浅いが、地震でも起きれば、まいた砂は屋根からすべり落ちそうなので、下がっているゴザの下に、すりこぎ棒や茶ワンを置いて、反るようにした。砂は、陽のかげるまで乾せば、水分はとんでしまうが、タルの中の湿りは、いかんともしがたく、水平にして、注入口から、棒の先にとりつけたローソクの炎をさし入れた。内部を焙るこの仕掛けは、妙案のつもりであったが、ローソクが垂れるという事実まで気が回らない。へばりついたローソクの滓が、砂の落ちるのに微妙な変化をもたらすのではと気がつくと、あわてて、燃えるローソクを引き抜く。ローソクの代りに、棒の先にティシュペーパーを巻きつけ、それをタイマツにして、さしこむ。が、ティシュペーパーを巻きつけた輪ゴムが燃えて、いやな匂いが吹きだした。輪ゴムの燃え滓が残ってもまずいと、引き抜くと、棒だけ抜けて、燃えるティシュペーパーがタル内に残り、洞窟の中の火事のように、赤々と躍った。

それを消すために、砂を吐きだす小さな穴に楊枝を詰め、砂注入口は手の平で押さえる。一分程すると、タルの中の火事は止まったが、燃え滓を引っ張りだすのが厄介だった。

タルを逆さにして、曲がった針金をつっこみ、掻きだす。そんなことをしていると、窓の下で猫の声がしたので、恭二はタルを放りだして、窓にかけ寄る。

心配したとおり、二匹の猫が乾し砂の上で小便をしている。「シッ」と追っても動かないので、冷蔵庫から、アジの干物をとりだし、それを、砂から離れたトタン屋根に投げる。

それを取り合う猫の声は凄まじく、向かいの雑居ビルから、女事務員が顔を出す。恭二は、素足で窓から降り、トタン屋根の上で、小便をかけられた砂を、さらに平たく乾していたところなので、いぶかしげに見る女事務員と目が合った。その挨拶もしたくない顔に、やましい気になった恭二はペコリと頭を下げる。

『なんか、損ばっかりしているな』

と腹たった。

こうして、仮眠の時間さえ奪われた。乾した砂を、タルに詰め直したのは、夕方で、砂の落ち具合を実験していると、出勤時間になってしまった。さらさらと積もる砂を摑むと、まだ温かく、猫の小便と陽なたの匂いが混じっている。こんな一日もあるだろうよと、災難を幸せに代えた気分で、彼はまた勤めに出たが、眠れなかった疲れは、夜になって現われた。

倉庫を巡りながら、ぼんやりとした甘さが舌の根にからんだ。かったるさは、小石にさえつまづく、ぐんにゃりした体の不自由さを感じさせる。倉庫の横に木材置き場がある。背丈程の高さで二つ積まれた間に、弁当などを喰う時に座るベニヤ敷きのくぼみがあって、そこに、恭二は座った。そして横になった。すぐ起き上るつもりだったが、猫の小便と陽なたくさい砂の匂いを思い出すと、この警備員はストンと眠った。

起きたのは朝だった。

とび起きようとすると、上司がその胸を警棒で押して、もっと眠ってろと言ったが、失点どころか、警備員の将来は墨で塗りつぶしてしまったのも明らかだ。こんな事は今迄にもなかったので、二、三分のつもりが、どうして朝まで眠ることになってしまったのか考えると、生活のリズムを乱され、それを整合しようとする努力が、並外れて、神経を疲れさせているんだなと思うしかなかった。

部屋に帰ると、万年砂時計の砂は湿めり気もなく吐き出されていたが、ぶれた跡は鮮やかに、侵入者が部屋を出たのが早朝であることも読みとれた。

泊まっていったのかと、階段を置いてあった場所を撫で回すと、長い髪の毛が一本よじれて畳の目にからまっている。

摘んで窓の明りにかざすと、女の髪の毛は根元から少し離れて栗色に染められている。窓を開けて捨てかけ、ふとためらう。腹立たしく、その毛一本を見詰めていたが、彼は窓を閉めて、それを摘んだままトイレに入った。

便器に流したわけではない。

恭二は、その一本の髪の毛を、性器に結んだ。

「こうしてやったぞ。あんたをこんな風にしてしまったんだぞ」

そう呟きながら、下ろしたパンツをずり上げる。ペニスに結びつけた時、ペニスが立ったのが、彼自身不思議でならなかった。変態の要素があるのかなと、しみじみ〈おのれ〉を点検したが、あげたパンツの中の性器は萎えずに立ったままだった。彼は、彼の体の一部がしおれるまで、トイレの壁に寄りかかっていた。

「これは、警備員としての僕の人生の破局の始まりだろうか」

警備員とトイレの中の秘儀とはまるで関係ないが、少しは残っている倫理観が、性器に髪の毛を結んだままの彼自身と、彼の職務を責めつづける。

こういうことをする人間は、いつか、警備している倉庫の品物まで着服するのではないかとさえ思う。が、萎えるとともに、倫理観はどこかへ去った。恭二はトイレから出ると、ブリキ皿に盛り上がった砂を、万年砂時計のタル腹に詰め込む。満杯のタル腹を叩いて、詮をしてある楊枝を引き抜く。砂が落ちて今日という時間を刻む。ブリキ皿に撥ねる音は、いつもと変りはないが、性器に髪の毛を結んだままの自分が聞いていると思うと、それはもう異なった音のようにも響く。それはリズミカルだった。

「こんなことをしてしまったのだから、階段は見せてあげるべきだ」

こういう心理の変化をどう説明すべきであろうか。

恭二は、パチンコ屋の裏に隠してある階段を引き取りに出かける。が、隠した階段は、一夜のうちに無くなっていた。掛けてあったシートは丸められ、風の吹き溜まりで、コンクリの地肌をズルズルと擦っている。

侵入者が見つけて持ち去ったにしては、余りにも千里眼であり過ぎる。パチンコ屋の者に聞いてみるしかなく、表に回って、軍艦マーチの響く店に入った。

電動ハンドルに親指をかけている客はちらほらの数である。景品取り替えのカウンターにも、両替えにも店員はいない。「あのお」と声を出しても、玉の音とマーチの音で届かない。並んだ台の間を抜けて突き当り、また別の台の谷間を抜けようとして、恭二は、女店員の土足に踏まれたあの階段を見つけた。

階段に乗った女店員は、開いた台の釘を直していた。

「すいません、それ、僕のうちの階段なんですが」

階段の下から呼びかける恭二に驚き、眼鏡の痩せた女店員は、持った釘直しをあわてて台の裏に投げ込む。開けた台のガラスを嵌め込み、台の上に乗せてあった雑巾を摑むと、それが本来の仕事らしく、ガラスの表面をキュッと拭く。

「マスターには黙っててね」

「なにをです？」

「知らなけりゃ、それでいいのよ」

台の釘を直したことのようだが、恭二には関係のないことだ。彼が頼みたいのは、彼女に階段から下りてもらうことだけだ。

八段のドレミファ台は、土足で荒らされ段の角はささくれだっている。引き摺ったために、底の緑には、泥も付着したままだ。

「下りてください」

「駄目よ、仕事中なんだからっ」

「でも、これ僕の部屋にありまして、ちょっと取り込みごとがあったもんですから、この店の裏に置かしてもらってたんです」

「マスターに断わったの？」

「その時、ちょっと居《お》られなかったもんですから」

「いつ？」

「昨夕」

「嘘、マスター居たわよ。あんた無断で置いたんじゃない」

「ともかく」

「店の裏、便利に利用するの多いのよ、バイクとか、パン屋のパンとか、この間なんかビヤガーデンの生ダル、ぎっしり積んであったんだから。そうやって無断で使うのは、もらっちまっても構わないってマスターと決めたんだから」

こういう争いになると力ずくでもぎとるしかない。そう決めると血の気も引いて恭二の顔は白っぽくなり、目玉は左右にうろんに動いた。後ろ向きになった女店員のスカートに、見た時から引きずり下ろしたいと思っていた片手が伸びると、感づいたのか、女店員は体をひねる。

「こっちよ、力也っ」

女店員は、恭二を振り返ったのではなく、三百個玉の入った箱を抱えて入り口に立つ客に呼びかけていた。背は低いが、背広を着た上体が正方形に近い頑丈そうなその客は、どりゃあと一声あげて、釘を直した台に近付いてくる。眉毛は太く、ポマードで塗り固めたオールバックの横髪にあと一センチで繋がりそうな立派なものだ。

恭二は手を出す機会を失なった。

他人が打ち興じるパチンコの玉を、後ろから覗いているだけだった。

「どお？」

と、階段を下りた女店員が具合を聞く。

「うまく引っかかるわい」

力也と呼ばれた客は、そう言って、釘の林を駆け巡る銀の玉をにらんでいる。

「じゃ、うんと取りな」

力也の肩を叩いて、女は階段を引き摺る。

「おい」

「え？」

「その階段、俺にくれ」

「こんなもの、なにすんの？」

「露店の雛段にするんや」

「雛段？」

「今度、原宿に露店出すんでな、メダルやブローチなんか置く化粧台さがしてたんだ」

「布かけりゃ、かっこつくもんね」

「くれっか？」

「ここに置いてくから持ってきな」

こうして、階段はまた遠ざかる。

なにを嫌われて、女店員にこうまでされるのかと、力也から離れてゆく女店員の後ろ姿を恭二は見送る。

〈露店も結構でしょうが、この階段、僕のうちのものなんです〉

そう声をかけようと、肩幅のある力也の後ろに立っていたが、玉の音と、ポマードの匂いに圧倒されて、恭二の喉の奥で出そうとする声もかすれる。

「うさんくせえな、さっきから、何じゃい、俺の玉を狙ってんのか？」

振り返ったその男の、眉毛と横髪の間の一センチの空白を見詰め、恭二は、微かに首を振る。男の目を見返せずに、そんな顔の一部しか見れなかった自分が、ひよわい、情けないと思う。

「ほれ、玉やっから、向うゆけっ」

と力也は、五、六個の玉を、反対の台の方にぶん投げた。

それを拾ったら乞食になる。パチンコ屋でよく見かける下ばかり見て歩いているさもしい男、そんな者になってしまうと、辛じて立っている。

「さあ、取り替えてくるか。松子っ、ちょっとここみといてくれ」

台の玉皿には出したものが溢れている。それ以外に山積みになった玉箱を両手に持って力也は入り口に向かう。その丸まった背中が台の列《なら》びから消えた瞬間、恭二は階段にとびついた。

「あっ」

と女店員の声も後ろで聞こえた。自動ドアに激突して、階段を抱えたまま、景品替えをしている力也の足元に倒れたが、その力也も、転がった階段と恭二に呆っ気にとられたままだった。

結局、力也も松子も、階段を持って逃げる恭二になんの言葉も費《つか》わなかった。

それでも追ってくるのではないかと、恭二はアパートから離れた別の町の、別の丁目を走った。追ってこない者を煙にまこうとするこの努力は一時間も続いて、アパートの階段を昇りながら彼はまだ振り返った。

部屋にとびこむと、抱えた階段が吊った万年砂時計とぶつかって、一筋に吐きだされる砂が縄のように揺れ、階段と汗だくの顔にとび散る。

あった場所に階段を置きかける。すると、陽ざらしになった所に比べ、いくらか青い畳の上に一枚の便箋が落ちている。

「……また入りました。

　今日は居られると思ったのですが」

とあるところをみると、階段をパチンコ屋に取りに行ってた二時間ほどの間のことである。

女の髪の毛をみつけたのは、出かけるその前で、その時には便箋などはなかった。

「階段を隠されたようですが、わたしが、ここに入って使うのが、それほど嫌になりましたか？

　マンションまで持ってきて下さった時、あなたの気持は充分分っていたのですが、やはり、あのドレミファ台は、この部屋が一番と戻してしまったのです。

その時、あなたが求めていたように走り書きでも残せばよかったのですが、この他人には分らないわたしたちの習いは、こまかな説明など無用と思ってしまいました。

わたしは、あの階段に座るのが好きでした。と、初めて述べます。

ここに住んでいた時も、窓を開け、一段目（ド）に座って窓の外を見ました。雑居ビルと商店の二階しか見えませんが、畳の上に座っていた時と違って、なにかやはり違います。窓から入ってくる町の音も蝿がぶんぶん飛んでいるような雑音ですが、やはり座っていた時に聞いたかしましさと少し違うのです。

そこで次に二段目に座ります。レですね。ここに座ると、丁度目線が、商店と雑居ビルの間をふさいでいる波板の破れかかって風にパタパタしている所とかち合います。風が強いと、その波板の一枚は、もっとはがれかかって、そのはがれかかったすき間から、雑居ビルと商店の間を透かした向うの、高架線を走るJR線も見えます。JR線が、走っていない時は、空に高く上る公園の噴水の飛沫も見えるのですよ。

ここに座ると、町の音も、蝿が飛んでるものでなく、誰かが、町中の誰かが、しきりに壺をこわしているのではないかと思うような音も聞こえてきます。

次に三段目のミです。

ここに座ると、波板のすき間は見えませんが、向かいの商店の窓の、上段の透きガラスを通して、その室内がちょいと見えます。タンスの上に鏡があって、それに手を振ることもできます。

窓から入ってくる音も、雲母のかけらを積むようにさらさらと、とても優しくなります。

次に四段目のファですが、ここに座って首を伸ばすと、アパートの下の道は見えませんが、そこを陽傘をさして通る人の先っぽがちょいと銀色に光ってみえます。

雨の日などは、その銀の針が、雨に濡れてとても恐いのです。わたしは、魚屋で魚を買ってきた人が、その傘の先の銀の針に、魚を串ざしにしているのを一度みてしまいました。その魚はぐったりとしなだれていまして、わたしは、余りの哀れさに、それが人魚の子供ではないかとさえ思ってしまいました。

だから、このファの段からは、とても恐いものが目にとびこんでくるのです。

窓から入る声も、人魚の悲鳴のようなのです。

余り、その段には座っていないように心がけたものです。

次に五段のソにゆきたいところですが、本当のことを述べると、わたしは五段のソから上に昇ったことはありません。

もっと歳をとってから昇ってもいいのではないか、そう思って昇っていないのです。

では、わたしのいるべき段はどこかということについて述べてみたく思います。

一段から四段、つまりドからファまでは、こうして遊ばせてもらいましたが、遊んでいない時のわたしの心は、いつも、その階段のどこにもない段にいるのです。

昔、わたしの家にも長い階段がありました。

少女期のわたしは、いつも家に帰ると、その階段の真ん中で、座って頬杖ついておりました。

そこがわたしの最も居心地のいい場所でした。

その階段は十一段あって、真ん中は六段目でした。

ですが、この部屋にあった階段は八段です。八段のどこが真ん中の段なのでしょうか。わたしの座るべき真ん中はどこでしょう。

ある日、あなたのこの部屋に入って、一段目から四段目まで昇って、それから真ん中の段をさがし、わたしの足は、宙をまさぐりました。五段にかけるわけにもゆかず、真ん中の段をさぐって、えいと宙を踏むと、わたしは畳の上に落ちました。

そこで、いつまでもぐったりしてました。

でも、もうそんな小さな娘でもないのだからと気をとりなおし、一段のドから四段のファまで昇って、現実に生きるためには、人はどのように階段を昇っていかなければならないか、遊びとともに使わせてもらっていたのです。

もう真ん中の段などはさがしません。といっても、五段から上に昇るのはまだ自信がないの。

今日、あなたに会って、それを告白しようと思いました。

隠したのならば、持ってきていただいて、わたしが五段以上昇る勇気もつけてもらおうかとも思いました。

だって思ってもいない光景と雑音が、そこから見えたり聞こえたりしてくるかもしれないですものね。

でも、いらっしゃらなかったので帰ります。さいなら」

手紙を読み終るや、恭二はトイレに入ってペニスに結んだ栗色の毛をちぎり、洗って窓から夕方の風にとばした。開けた窓はそのままにして、ドレミファ、つまり一段から四段までの段に座って、女が書いたとおりのことが体験できるか試した。段を重ねるごとに、窓外からとびこんでくる音が、蝿のブンから壺をこわす音に変化するなど、感知することは出来なかったが、二段目に座って、雑居ビルと商店の間をふさいだ波板の破れ目から、遠く走るＪＲ線を見た時は、感激した。

恭二は、女がためらう五段目に足かけた。六段目から七段目も踏み、八段目に両足そろえると頭が天井についた。立ったところから部屋を見回すと、電気の傘に蛾の死んだのがのっている。座ると、窓の上の壁に広がるコウモリ型の染みと目線が平行になる。

「それぐらいだな、そんなものしか感じられないな」

そう呟くと、恭二は八段目で横になる。「ドシラソファミレドォ」と甲高い声から低い音階を唸って、八段から一段、そして畳の下に落下する。すまきが横転するように、くるくると落ちた時、どこかの角が、脇腹に強く当った。

畳に転がったまま、落ちた階段を見上げる。恭二は、手紙を残していった女ほどの感受性はないと思っている。その駄馬は〈落ちるべし〉と自らに命じて、落下したのだ。が、こうも強く脇腹をやられると、どこかの段が自分を憎んでいるように思える。

「お前だな」

と目の吸い付くのは、四段目である。その段は、女が恐がる段で、座ると、道を通る人の傘の、銀色の先端が見えると書いたものだ。窓から入ってくる音も、そこに座ると人魚の悲鳴のようなものになる。

恭二は、もう一度八段の上に寝て、今度は前よりも速度を遅めて落ちてみた。やはり、脇を打つのは四段目で、その段は、他の段よりも弾みが固い。階段の裏から調べると、その段の木質は節である。

「お前、人を苦しめるな」

そう言って拳で、四段目の板を撲《なぐ》る。

この日はいつもより早く出ようと、目覚まし時計の鳴るのを四時に合わせて、階段の二段目に置いた。頭は一段目を枕代りにして恭二は仮眠をとった。四時までだと二時間しか眠れないが、職場で失敗したことを避けるには少しでも眠りのゾーンを脳に送りこまなければならない。

夢ひとつみなかったが、目覚ましのベルが響いて、眠りから戻るうっすらとした瞬間、恭二は、枕にした階段が、響く戦車のように震えるのを感じた。

台所で顔を洗ってから、万年砂時計に砂を詰めこむ。それから、便箋を一枚、階段を机代りに敷いてこう書いた。

「階段は戻しておきました。お使い下さい。四段目はこらしめておきました」

そのメモは折ってポケットに入れる。出勤前に、女性のマンションに立ち寄ってドアに張ってくるつもりだ。

マンションに向かう車中、女の素姓をあれこれと描く。

「なにをしている人だろう。僕よりもいい所に住んで。生活が向上している証拠だ。ああいう感受性は、生活に災いを起こすものだが、意外に器用にやってるのかな。それとも一点、病気の要素があって、人しれず隠しているけど、それを吐きだすところが、僕とあの階段なのだろうか」

見たこともない女の点描は、定まらず、腹がたってくるのが、恭二自身分らない。マンションのエレベーターに乗った時も、女の住む階が五階であることに、むしょうに腹がたつ。

その部屋のドアは開いていた。

室内にはなにもなく、クリーム色の壁に桃色の鋲が残っている。

「萩原さんなら、朝に引越してゆきましたよ」

呆然と立つ恭二に、隣室のドアを開けた婦人が伝える。エレベーターで五階から降りるとき、ファミレドと叫んだ自分の声を思い出す。マンションを出ても、音階が下がるその音が耳奥で鳴り、その音が振りきれるまで駅のベンチに長いこと座っていた。

職場に着いたのは定刻を一時間も過ぎていて、千疋《せんびき》という名の上司が、恭二のバンドを摑んで活いれた。

「どうしたんだ、気が散ってはあかんじゃないか」

千疋は立った恭二の、背中側のバンドを摑み、腹にバンドが喰いこむほど、揺さぶる。部下に活を入れる千疋流のこの方法は〈鞍を直す〉と呼ばれている。倉庫の横で寝てしまった時も〈鞍を直す〉バンド摑みは、百回も行なわれた。

「警備の心得はどうした。きみは警備したくないのか?」

「したいです」

「では今、なにを警備したいのか言いたまえ」

倉庫と答えるべきところを口ごもり、恭二は、また五階から降りるエレベーターの、ふわりとした居心地わるさを腹に感じた。

「他人《ひと》の物を警備するのが嫌なのか?」

「いえ」

「では、今、最も警備したいものを言いたまえ」

階段と危うく言ってしまうところだった。

「今、なにか言いかけたな?」

「いえ」

「どうしたんだ、ダミアン・ソーン。ダミアンのようだった君よ、それがなにを疲れてしまったんだ」

バンドを揺さぶられるごとに、砂を詰めたような体が前後を往復する。その体は砂を吐かない万年砂時計のようだった。鞍を直された警備員は、こうして夜の倉庫に「働け」とけしかけられたが、倉庫を巡りながら、階段を隠した結果の行き違いばかりを悔んで、闇にひそむ猫一匹さえ目に入らなかった。

「しかし、彼女がもう来なくなるということは、生活が元に戻ったわけであり、残念に思うことはなにもないではないか。厄介払いをしたわけで、晴れてお前の時間が到来したんだ」

階段を使いこなしたのは他人であり、それをただサポートしただけの何日間かを思いだす。思い込みから強引に浮上するために、恭二は、その何日かの、ひとに話したらば笑われてしまうような負《マイナス》の面を胸に広げる。

もっと大事なことがあるもんなと、あえてあっけらかんになろうとする。仕事が終った翌朝に、新聞社に赴き、階段は戻ったという一行広告を出そうとも思っていたが、それもとりやめようと結着つける。

その決意と同時に、蝿がブンブン飛ぶような音が耳にとびこむ。それは深夜の道路工事の途切れ〳〵のモーター音だった。

「引越そう。階段を置いて引越そう」

と、生活を変える妙案がでる。

どこからか、また変な音が聞こえる。それは誰かが倉庫の暗がりで瓶を叩きこわす音だった。風も強くなり、古新聞紙などが飛んできた。地に落ちて、弁当を包んでいたビニール袋と重なってかさつく。それは、サラサラとした雲母の重なる優しい音とは縁遠く、寒くなりかけた夜の音だ。

けたたましい車のブレーキ音が、高速道路の入り口で聞こえる。ゴムタイヤの悲鳴は、ビルの壁に響いて消え、続いて走る車の音が、雨のようになる。

こうして、一段から四段にかけて聞こえるという女の妄想音が、あっけらかんとしかけた恭二の耳に次々と潜りこんできた。

この夜の決意は固く、二日後、恭二はアパートを変えた。同じ六畳だが、窓を開けるとモルタルの壁しか見えず、ドアの内側に万年砂時計は吊ってあるが、階段はない。万年砂時計からこぼれる砂は、新居の時間を刻みつづけ、垂直に落ちる砂を乱す者はない。

そこに引越してから、半月後、K警備保障会社の事務所に、恭二に宛てられた警備依頼の一件が入った。

「この警備依頼の家は、お前が前に住んでたアパートじゃないか」

と千疋は依頼用紙を覗きこむ。

「そのようですね」

「金はもらっちまってるんだ。一応一ヶ月分として送られてきてな」

「誰でしょう」

「そこだ。そこが思案のしどころだが、この依頼者の名をよっくみろ」

用紙を片手に立ち上って、千疋はまた〈鞍直し〉のために、恭二のバンドを摑む。

「お前だ」

「お前とは？」

「依頼者はお前になっとるんだ。シナノ恭二。シナノ狂人と読んでしまうところだ。シナノ、お前、自分の昔のアパートを警備するために、お前自ら依頼したのか!?」

用紙に書かれたサインは、シナノ恭二になっている。特注の空欄には、貴社のシナノ氏にお願いしたいとある。

覚えがないと恭二は首を振る。

「不思議な警備だな。人生を無駄遣いするナゾナゾだなあ」

〈鞍直し〉のしごきは、恭二の体を揺さぶるが、覚えがないという繰り返しがでるだけだ。

「よく見て下さい。僕の字ではないですよ、女の字ですよ」

「お前が女の字を使ったかもしれないじゃないかっ」

「身銭を切ってですか？」

「そう言われればそうだがな……。一応行かすしかないか。しかし、無意味なことにかまけてるんじゃないぞ。ダミアン」

半月程前まで住んでいたアパートを警備するという、この降ってわいた珍事を抱えこみ、恭二は、あの女だな、あの女が階段を警備させるために仕組んだものだと推理する。階段に目的がありながら、それを明らかにできないために、アパート総体を警備しろと依頼したのだろうと思いながら、やはり解けないものが、推量から溢れてしまう。

引越した女は、またあの部屋を訪ねたのに違いなく、そこで戻した階段を見つけたのだろうと想像できるが、階段と戯れる自由な時間に、なぜ警備が必要なのかが分らない。

警備依頼の時間は通常夜だが、用紙にはその夜の指定はない。女が階段に座って窓の外を見ていたのは、恭二が仮眠をとっていた時間を除くJR線や、噴水のしぶきが見える陽のある内だ。そう思いながら、去ったそのアパートの前に立ったのは、夕まづめと言われる時だ。恭二が引越してから入居者が飾ったのか、重そうな茶のカーテンが窓に吊ってある。西側の入り口に回って、二階六号室の郵便受けを調べたが、そこに入居者の名はなく、新聞などは入っていない。恭二は階段を上って、その部屋の前に立つ。やはり名札もなく、出る時に捨てていった雑誌の束が、ドアの前に積んである。ノブに手をかけると、それはくるりと回る。ドアを開けると、カーテンで遮られた部屋は暗かったが、懐かしい自分の部屋の匂いがした。それは、一度部屋にばらまいたコーヒー豆の匂いだった。

部屋に入って、とび起きては顔を洗った台所をみる。ガランとした部屋の壁に、前よりも広がったように見えるコウモリの形をした染みも見上げる。

恭二は階段を確かめるのは最後にしようと思った。あるなとは感じていたが、それにはあえて背中を向けた。

「此の度、警備することになりました」

階段にそう告げて、階段を振り返る。カーテンで遮られた薄暗い部屋の中では、伏せたその顔もよくは見えないが、白いブラウスにオレンジのスカートをはいた女が、階段の五段目に横たわり、スヤスヤと寝息をたてている。

起こさないように後退り、ドアを抜けると、シナノ恭二は、階段を下り、アパートを一周した。

買い物から帰ってきた管理人に呼びとめられ、「しばらくだね、何をしているのかね」と問われたが、彼は警備としか答えなかった。二周、三周と巡って、アパートの周辺は暗くなる。

女が五段目に上れたことを祝福しながら、この警備員は、いつまでもアパートを巡っていた。

ぼやき

井之頭のバス停、万助橋で降りて、テニスコートと公衆便所の間を抜けていくと、〈西陽荘〉というアパートがある。

と言っても、このアパートは、私の芝居の中に出てくるもので、ガラス窓に穴が開いた二階の部屋に、一人の青年が居て、なにやらぼやいている。

このぼやきを、辞書を開き、漢字を探したがなく、意味は一人ブツブツ不平をこぼしている、とあった。

何をこぼしているのだろう。それは、部屋に時折、寝にくる女性のことだ。恋人ではない。友人と関わりがある人でもなく、夜、コッソリと入って来て、壁寄りにチヂコマッテ睡眠をとり、朝、頭を低めて去っていく。

それほど部屋に執着するならば、譲ってやろうと思い、彼は部屋を出るのだが、以後、三ヶ月も部屋代を払ってやっている。これは、只の優しさではなく、加虐的な優しさとでも言おうか。「俺は何をやってんだ」とぼやくばかりだ。

　こうしたぼやきは、変形して現れる。他者には通じない独り言のブツブツは、携帯とやらの日常的小道具を十一個も首からぶら下げた男が、どこか自分とも似た変なやつにからまれる、そんな場面にも出てくる。

　何故、十一個なんだ。十個ならば、まあ数え易いから大目にみてやるが、その余った一個はどうしたと聞かれて、「今朝、発売したばかりの新機能を備えた新機種だ」と言ってやる。「そんなのは十一個も持たなくて、一個あれば、あっちこっち、あれこれと使えるだろうに」と、向かってくる男は執《しっ》っこい。更に、携帯を見下ろしながら、自転車で走ってくる誰かと危うくぶつかりそうになり、「見ろ、あんな風に、携帯にのめりこむ奴は、そればっかりの分裂症だ」とも言ってくる。その分裂症呼ばわりは、ぼやきを発信し、ぼやきをキャッチする男にとって、現在を先鋭的に生きる者の一面を衝いているようで嬉しくなる。

　が、ここまで言われると反論したくなって、ふと絡んできた奴の首を見ると、タワシを十個吊っている。

「なんだ、そのタワシは？」と聞くと、それでお勝手にある物をこすり洗ってやるんだ、と言う。

「そういう物をぶら下げている者は何なんだ」と、また聞くと、彼は言った。

「ワタシは台所だ」

こうして携帯とタワシは、喧嘩することになるのだが、互いに首からぶら下げている物は、質は違っているものの、鏡面を見つめ合う、一人二体のネックレスになる。

こうしたぼやきを、信号の替わるのを待っている人々の中に、電柱の根っこに座りこんで猫と話している人影に、耳をそばだてて聞いてみたくなる。

宿なし

〈ぼくはアパート転がしに会いました。土地転がしがいるならば、そのてのものもあるのでしょう。駅前の千代丸不動産で、今借りているアパートの風呂付六畳を見つけた日、朝は二万八千円だったのですが、昼には三万と値が上がり、店の親爺に予約をすると、夕方まで待ってくれと言われました。一つの物件は、いろんな店でも張りだしているらしく、どこかの店でもう買い手がついているかもしれないからというのが理由でした。

そこで夕方に再訪しますと、ぼくの前に一人の学生客が居て、長いこと待っていたのか、破れたソファの上で貧乏ゆすりのひざをがたつかせていました。

不動産屋の親爺は、ぼくの到来に手をあげて、「来た、来た、きみが来なかったら、この人に貸してしまうところだったんだよ」と別客を待たせてまで約束を守った律儀さを述べ、「はい、残念、どもどもね」と、ひん曲がったガラス戸から、犬を追いだすように学生の客を帰しました。

そこですぐ風呂付六畳はぼくのものになったのかと申しますと、昼の値よりも一万二千高いものになっていて、ぼくは一晩考えさせてくれと言いました。借り手がつく毎につりあがってゆくのに腹も立てていましたし、ぼくの前にいた学生客は、なんださくらのような気がしてきたのです。

それから一週間後、その千代丸不動産のデスクで計算機をはじいているその客をみました。四万二千円の値がついたその物件は、やはり郊外としては高すぎるのでしょう、それから十日経っても、借り手がつかないようでした。が、その不動産屋の前にぼくが立つのを意識してか、値上る勢は嘘ではないぞというように、少しずつまた上がってゆくのでした。そして一ヶ月後には五万になってしまったのです。

蚊のでる藪の中に建って、造りも古く、前は沼のようにぬかるむ野外駐車場になっているそんな物件の、一部屋が五万！　それは東京並みです。

そんなにも高くつりあがった部屋が、元の二万八千円で、ひょっこりぼくの借りものになったのは、雨の降る或る日のことでした。いつものように未練がましく、千代丸不動産の前に立っていたぼくを、親爺は手招き、「そんなに欲しいのですか」と、まけてくれそうな温かい笑いを浮かべたのです。では、元の値にしないこともないとお茶まで出して、或る条件をつけました。

それは、半月前まで新聞屋をやっていた駅前の家に、ぼくが、朝と夕に住むことでした。

新聞屋の家ではありません。新聞屋に借していた家主は、駅の反対側に住んでいます。新聞屋は去って、その時は空き家でしたが、持ち主の固定資産税（こういうことは全くよく分りませんが）の問題で、誰かが住んでいなければならないらしいのです。それも身内の者が住んでいるのがもっとも都合がよろしいらしく、貸していた新聞屋にも、血縁者であることを装ってもらっていたようです。トラブルがあって、その新聞屋も出て行ってしまった後、ともかく、誰かを代りに仕立てなければならないようで、とは言うものの、それに乗ずる他人がいるわけもありません。

そこで目をつけられたのがぼくでした。かくなる次第で、そうした偽りに乗っかってくる誰かを探すように、千代丸不動産の親爺は家主から頼まれていたのでしょう。

そこに住んでいるようにみせてくれれば、風呂付六畳は元の値で貸すという次第です。が、住んでいるようにみせるためにはと、ここから更に微細な含みがあるのですが、新聞屋を続けているようにみせるために、朝と夕、新聞を担いで町内を走らなければならないということと、夜は二階でテレビをみながら寝てしまったようにみせるため、テレビと電気はつけたまま帰るということでした。

電気代もバカにならないでしょうが、払うのは他人だから知ったことではありません。

それよりも、自転車に積んだ新聞を、町内に配ることです。朝と夕の二回きっかり。ですが、配っては困るらしいのです。配るようにみせることだけでいいようでした。どだい、配る新聞はなく、古新聞しかないのです。ですから、その古新聞を自転車に積んで、町内を走り、あたかも新聞を配っているようにみせるだけでいいのです。

とはいうものの、これは相当に芸が要ります。

それは、やってから分ったのですが、ともかく、その依頼を引き受けました。そして、朝夕、古新聞を「新聞でえすう」と配るような恰好をみせて、テレビ、電気はつけっぱなしで風呂付六畳に帰る生活を続けました。不思議な二重生活です。これならば、風呂付六畳なんて要らないのじゃないかとも思いましたが、やはり、安穏な部屋と仮装の部屋を使い分けてこそ、今のぼくがあるのだから仕方ありません。だってそうでしょう？　ぼくの仮りの新聞配達員は、いつ、ばれてしまうか分りません。お前、下手なんだよ、だからみつかってしまったよなんて言われて、お払い箱になったら、新聞屋に化けてるあの家には帰れなくなってしまいます。ラッキーにもばれていませんが、あれ、ラッキーなんて言葉がどうして出てきたのでしょうか。アンラッキーなこの生活状態を、ぼくは、いつからラッキーなんて思ってしまったのか、まったく不幸なもんです。

それにしてもと、考えはしました。ぼくは、いつまで、この二重生活を続けるのか、古新聞を配りながら、過去の三面記事に目が走ると、過去を配達しようとしている地獄の使者に思えてもくるのです。配る恰好をするだけですが、抜き差しならない気分になるのです。だって、そうでしょう？　配ろうとしかけて戻すという行為は、素浪人が、竹光《たけみつ》の刀を抜きかけて戻すというあれとそっくりじゃないですか。刀の例ですみません。公の情報、それも過去のデータに溢れた新聞を抜いては戻す、けっきょく、自転車で出た時と同じ恰好で、また新聞屋に戻るのです。

もういい、やめろという命令はいっこうに来ないのです。

こうして、あたら青春を終ってしまうのではないかと思うと、竹藪の中に自転車ごとつっこんで、泣く夜もあるのです。

そんな時でした。あなたのところのお嬢さんとお会いしたのは。

ぼくは、古新聞を、折れた竹の節穴につっこんでいたのです。

コンコンッと、竹林にかわいた月からの発信音のようなものが響きました。振り返ると、竹林に入る坂道に、お嬢さんが立って、小さな拳で竹の幹を叩きながら「どうしました、新聞屋さん？　不思議な所に配達してますね」と言ったのです。

青竹におでこをつけて、ぼくを冷かすお嬢さんの笑い顔は、竹林を抜ける木もれ陽でチラチラと輝やきました。

それから、スーパーマーケットの前でお会いしても、お嬢さんは、青竹の匂いがします。お茶も、三度飲みました。映画も一度だけご一緒しました。ラブ・ホテルの前などは共に通ったことはありません。

至って軽いお付き合いをしてから一ヶ月、ぼくは、いつも、それでは配達がありますからと別れます。二、三度、新聞屋の前まで面白そうに付いてきて、古新聞を積んで出てゆくぼくに「行ってらっしゃあい」と手を振ってもくれました。お嬢さんは、ぼくがそこに寝起きしてると思っていましたが、或る日、ぼくの二重生活はばれてしまいました。

どしゃぶりの雨がやんだ朝でした。風呂付六畳のあるアパートの前の、雨の後には必ず、ぬかるむ駐車場で、一台の白いクーペがタイヤをスリップさせておりました。一時間もエンジンを吹かしたものの、後輪はどんどん沈むばかりで、車軸はついに埋まってしまいました。

なにしろ、あの駐車場は「アッシャー家の沼」と呼ばれているくらいで、ぬかるみを掘ったら、エドガー・アラン・ポオの小説が出てきたというくらいです。

そこで、後輪を飲み込むところにかけつけ、ぼくは、少しすきまの残っている車の下に工事用の板をさしこみました。そこにジャッキを載せて押し上げるしかありませんから。そこで運転席でハンドルを摑んでいるお嬢さんと目が合ってしまったわけです。

「あら、なに？　そこのアパートから今出てきたんじゃないの？」

とお嬢さんは目を丸くしてました。

「いえ、ちょっと、友達のところに寄ったもので」

「でも、パジャマ着てんじゃない」

という具合に、二重生活はばれました。ばれたのはそれだけではありません。ぼくが古新聞を配達する恰好をしているだけだということもです。夕方、お嬢さんは、茶目っ気だして、ぼくの自転車に積んである新聞を一緒に手伝って配ると言いだしたのです。結構だからともみ合っているうちに、何枚かを抜きとって、お嬢さんは逃げました。

それで、ついに分ってしまったのです。

「あなた、なんなの。一体、なにやってんの?」と詰問するお嬢さんに、ぼくはもうやけっぱちになって、板の間に積んである新聞の山の中に倒れました。

事情を話すと、お嬢さんは大笑いしました。その後で急に真顔になって、あなた利用され過ぎてると言ってくれました。アルバイト料もらいなさいよ、それが駄目なら、風呂付六畳の家賃、ロハにしてもらえと、なかなか鋭いヒントもくれました。

でも、ぼくは、自ら加担してしまったことを逆用して、そんなことを吹っかける度胸はなかったのです。

が、次の日、お嬢さんは、妙ないたずらをしてしまいました。

古新聞を一枚持って、千代丸不動産に入って行ったのでした。うちに、古新聞を配っていった新聞屋がいるが、その新聞屋は、お宅の不動産屋が仲介したものかと聞いたのです。戻しに行っても、昼間は鍵がかかっているので、仕方なく謎をとくためにここに来た、不動産屋さん、なにか知らないかとお嬢さんは、じわじわと恐れることを問い詰めました。千代丸不動産もびっくりしたでしょう。古新聞を配られた家の者が、どうして、千代丸不動産にやってきたのか、隠していたカラクリが割れた理由も分らず、知らんと言う前にずいぶん長い間、ふるえていたようです。

お嬢さんが帰った直後、不動産屋は、ぼくの風呂付六畳にかけ込んできて、「お前、配ったのか！」と喚《わめ》きました。ぼくは配っていません、多分、落したかもと弁解しましたが、配った証拠がある、変な若い女がやってきたと言うのです。

「それにしてもどうして、うちの店に……」と呟く顔は、悪の一蓮托生が、いもづる式に引っぱりだされる日を想像して、それは哀れなものでした。

それと同時にぼくはピンチになりました。もう、新聞屋にならなくてもいいと不動産屋は厳命しました。朝夕のカムフラージュは要らないということは、あの新聞屋に入ることまかりならぬということです。そればかりか、風呂付六畳は、来月前に出てゆけということになりました。一方的に、そう言えるのは、ぼくが月々二万八千円を払っているものの、礼金、敷金は免除してもらっているからです。それも、新聞屋に化ける努力が条件で。それもお嬢さんのいたずらで、ぼくは来月には路頭に迷うはめになりました。

弱者が弱者をこらしめ、少うし気が晴れたのでしょうか、不動産屋は、なにか打つ手をみつけるために、いそいそと出てゆきました。多分嘘の新聞屋がばれたあの家の家主に会いに行ったのでしょう。少し間をおいて、「アッシャー家の沼」（駐車場）の方から、「いる？　新聞小僧」と呼ぶお嬢さんの声がしました。お嬢さんは、ぼくのことをそう呼ぶのです。

窓を開けると、白いクーペに寄りかかって、お嬢さんは古新聞をかざしました。それで、あっ、やったのはお嬢さんと分ったのです。それにしても、そのいたずらで、ピンチになった由をぶちまけると、そこまで予想しなかったのか、「ごめん」とお嬢さんは眉を八の字にしました。

それから、生活上の不安を打開する術もなく、ぼくとお嬢さんは喫茶店に行って、コーヒーをするだけでした。マイナーな気分をくぐり抜けるために、お嬢さんは突然、こうなったら脅しにかかるかと恐ろしいことも言いました。

お嬢さんが古新聞を持って千代丸不動産に行ったこと自体、脅しなのです。それに輪をかけ、出て行かないばかりかロハにしなければ、全てばらそうなどと言うのだから、顔に似合わず、すごいのです。

それをぼくは辞退しました。そういう弱気だからつけ込まれたのよとお嬢さんは言いました。当っています。

喫茶店を出てからお嬢さんと別れると、ぼくはまた風呂付六畳に戻りました。すると、千代丸不動産の親爺が部屋の前に立っていて、先程の命令はとり消すと言うのです。やはり、家主との打ち合わせがあったのでしょうか、新聞屋に戻ってほしいということでした。それも朝夕、古新聞を配るのもやめていいから、そこに移り住んでもらえまいかと、頭を下げる具合です。

ぼくは波に浮くブイです。

その提案を受け、ただで暮らせる一戸建てに引越す準備をしました。歩いて三分ですから荷物を持って三度往復するだけのことです。最后の段ボール箱を担いで、ぼくはなぜか、「アッシャー家の沼」を振り返りました。

雨でぬかるむその場所は、信念なき者よ、行け、しかし、いつかお前を飲むと言ってるような気がしました。と同時に、なんか儲かっちゃったと気軽なリズムに乗って道を渡りかけた時、ぼくの目前で、車に接触して倒れる女性を目撃しました。

髪は白くありませんが、五十をとっくに越えている女性です。

車からとびだしてきた運転手と、その女性を抱き起こすと、腕をミラーでこすっただけで他に怪我はありませんでした。

一応病院で診てもらおうと言う運転手に、彼女は、大丈夫だと起き上りました。ですが、名刺を置いて、運転手が去った後、やはりフラフラと歩いて電柱に寄りかかる具合です。ぼくは肩を貸して、ほど近い引越し先に連れてきました。腕のすり傷も手当てしてやると、運び込んだ荷物の整理も手伝い、引越し祝いのお酒まで買ってきてくれました。桜というこの老婦人は、それからもぼくの新居に通ってきて、煮ものなどを作ってくれました。歳は六十二ですが、色白で背筋も張って、その鼻の形の美しさは、ついみとれてしまうくらいです。

一度、お嬢さんが訪ねてきた時、ぼくは風呂場で、その桜さんに背中を洗ってもらっていました。つまり、そんなにも便利に老婦人を使っていたということになりますが、この時、ぼくは背中の垢をこすってくれている桜さんが、湯をかぶっても平気なように、裸になっていたことを知りませんでした。風呂桶の縁にしがみついて、ゴシゴシやってくれるのに、気持よくうなだれていただけなものですから。そこをガラリとお嬢さんは戸を開け、「ヒヤッ」と叫びました。

後で、どういう関係かと、お嬢さんに聞かれて、まったくぼくは困惑したものです。お嬢さんも思いきったいたずらをしますが、この桜という老婦人も、思いきった誤解をばらまきます。

こんな調子で、ぼくの引越してからの生活はやや愉快すぎたのです。その愉快は、反転して周辺を不愉快にしました。

先《ま》ず、遊びにくるお嬢さんが、千代丸不動産の親爺に見つかってしまったことです。これは、脅しのみならず、〈悪意のカラクリ〉を不動産屋に印象づけました。次に、桜さんが、近所の老人を連れて、ぼくの留守に酒盛りをしているのを見つけられてしまったことです。いよいよもって、のっ盗られると思わせてしまったことでしょう。

千代丸不動産に呼び出され、家主が住むから、一族郎党を連れて出てけと宣告されました。これも家主との相談の結果でしょう。それにしても、家主が、一度は追い出しかけたぼくに、なぜ引越して住むように言いつけたのかが分りません。まあ、お嬢さんとの結《つな》がりや、野放図に老人を引き込むぼくのだらしなさを知らず、新聞屋をやれと言われれば、古新聞を持って町内を回るぼくの阿呆さかげんを舐めてかかったのがいけなかったのです。

ぼくはそれからまたアパート探しに出かけたのですが、どこで事情を察知したのか、お嬢さんが、古新聞を町内に配りだしました。配る振りをするのではなく、一軒々々のポストに朝夕と突っ込んだんです。それも苦情は千代丸不動産へとメモまで入れたから大変です。ぼくの腹に押しこむ怒りを、こうしてお嬢さんは拡大してやってしまうのです。これは相性というよりも、ジキルとハイドの関係です。

苦情が山盛りで千代丸不動産に向かったことは述べるまでもありません。しかも、千代丸不動産は、それをぼくが仕掛けたことと思ってしまったのです。

それから千代丸不動産の親爺は、柴犬を一四、元・新聞屋の軒に結いで、木刀を持ってぼくの帰りを待ち受けているので、帰ることもできません。荷物はそのままにして、ぼくは、また風呂付六畳に忍びこんで寝ることにしました。しかし、ぼくの行動半径はたかがしれてて、それに感づいた千代丸不動産は風呂付六畳のあるアパートも見回りだしたのです。

寝ぐらのなくなったぼくは、お嬢さんがとめた白いクーペになにげなく寄りかかっていました。その時、またなにげなく車が、半ドアになっているのを見つけました。開けて中に入ると、雨が降ってきたので、そのままシートに横になったのです。いつか寝てしまい、朝になると、さらにドシャ降りで、車のタイヤは完全に「アッシャー家の沼」に埋まっていました。

それから、そのクーペは転がしておりません。お嬢さんの心づくしで、いつまでも泊まっていいということになりました。桜さんも訪ねてきて、助手席に寝ていったりもします。ただ、車を動かしていないために埋まったままで、雨も二、三日降り続きましたから、ドアも開けられないほどめりこみ、出入りは窓からにしています。お嬢さんはそれを面白がって、車の屋根が陥没するまで車内で暮らしていたら、クーペをぼくにくれると言うのです。

そんな冗談で笑った後で、お嬢さんは急にこう言いました。

「ねえ、入船町に行かない？」

「そこは何です？」

「町が消えるところよ」

「へ⁉」

「東京都中央区入船町二丁目一番地はね、来年三月をもって町が消えてしまうんだって。地価の急上昇で、皆去って行ってしまうんだって。あたし、そこで最後に消えたい」

どういうことなのか分りませんでした。行こうよと、クーペの中でお嬢さんは僕を誘いました。

「消える町に行ってみようよ」

「消える町に行って、あなたも消えてしまったらどうすんですか？」

「おもしろいじゃないの」

「ぼくはおもしろくありません」

「じゃ、あたしが消えたら探しに来てね」

これがお嬢さんの最后の言葉です。クーペはさらに埋まって、今では、窓から入るのも難しいくらいです。或る朝、気がついたら、ぼくは車ごと土中に埋まってるなんてこともあるかもしれません。

つまり、ぼくはクーペごと消えてしまうのです。そんなことを空想するほど、車は埋まって十日も過ぎました。

お嬢さんに会っていません。消える町に先に行くと言ってから、あの顔を見ていません。心配なのはお父さんだけではないのです。だからお父さん、入船町を探してみて下さい。ぼくも、この手紙を書いてから、そこへ探しに行ってみようと思っています。

新聞屋のあったあの家の持ち主や、千代丸不動産の親爺に聞き回るのはやめて下さい。彼らはおびえています。それは、お父さんがM市の市役所から任されている十一人の土地評価額委員の一人だからです。

ああ、お嬢さんは、なぜ、このことを言ってくれなかったのでしょう。土地問題におびえる者にとっては、お父さんたちは現代の金取生活者なのです。

小物の物件ばかりさばいている千代丸不動産も、怪しい仲介をやってはいますが、いじけた現代生活者です。今では、新聞屋に移り住んだ持ち主も、たいした悪人ではありません。お父さんだからこそ、彼等のことを暴露してしまいましたが、これを証拠に、吊るしあげることはやめて下さい。税務署に訴えるのも許してあげて下さい。

ぼくは、ただ、お嬢さんとのいきさつを述べるために、あったことに触れただけなのです。お願いします。彼等のことはおおめにみて下さい。

十一人の土地評価額委員の一人のお父さん、ああ、十一という数が、なにか意味ぶかい。あなたたちほど恐い人はおりません。ですから、お父さん、どうか穏びんに。たしかにお嬢さんはいたずらが過ぎましたが、だからといって、彼等の手にかかって林で殺されているなんてことはないのです。

お嬢さんのミキちゃんは、ぼくが探します。

では、消える町から、また御連絡いたします。

十一人の一人の土地評価額委員様

クーペ内にて

粗骨微笑之助のペンネーム

をもつ田口正夫〉

こうして、田口は陥没したクーペを後にした。土中に消えずに、消える町に消えたミキを探して、消えかかる町に向かった。

人騒がせなギャルだった。人の困惑にたかる蝿のようなところもある。オンボロ暮らしにまごつけばまごつくほどに、ミキはそれを堪能しているのではないかと思ったこともあり、首根っこを押さえようとすると、軽妙にスルリと抜ける。こういう女に重しをつけるには、妊娠させるしかないのだろうかと、不気味なことも考えた。

魚市場で、入船町二丁目一番地を尋ねると、そこはまだ完全に消えずに、「ああ、あの歯抜けの町かい」と人は言う。

七百四十三坪の土地は、更地になっているのではなく、まだ三、四軒残っていて、それを歯抜けというのだ。

その三、四軒もなくなってしまえば、総入れ歯になってしまう。つまり、その町は、失なわれる歯の過程をさらしているというわけだ。ということは、暗雲たれこむその町に、見えない巨大な歯医者がのしかかっていることになる。

高層ビルが建つ時には、地下何十米も掘り返すのだろうが、立ち退いた空き地にはアスファルトがうってあり、塗ってまだ新しい駐車用の白ラインが伸びている。そこは大きな駐車場になっているのだが、上空から見ると、七百四十三坪の空き地に、アリババと四十人の盗賊に出てくる白墨の印がつけられているように映るかもしれない。

田口は、まだとりこわされていない二軒の店の前に立つ。

「お客様各位へ
此の度、当酒店は当地移転を余儀なくむかえることになりました。移転先におきまして新店舗を構え、再出発を」

の張り紙には、まだ墨字が一行続いたようだが、にじんで読めない。が、その余白に「ミキ見参！」とサイン・ペンで書かれてあるのを田口はみつけた。

裏の一軒は洋服仕立業だが、一間ほどのウィンドウの中には、首のないマネキンが三つあり、その一台に、ミキの赤いカーディガンがかけられていた。他の二台は、裸の腰から錆びた鉄の棒を突き出して立っている。バーバリー尾形のドアを押すと鍵はかかっていないが、店内は人も、商売をしている気配もない。

「ミキちゃん」

と呼びながら、奥に入るが、古いミシンが横倒しになっているだけで、道具は他に見当らない。引きだしのついた電話台の足も一本外れている。引き出しを開けると、ビニール袋があったが、それが使われていない女性の生理用品と分って、田口は、また引き出しを閉める。

またミキの名を呼んで台所の方に向かうと、はがれたズボンの折り返しを踏んでつまずいた。ズボンの内側にたくし込んである折り返しは、糸が切れて、そうして此の頃よく垂れる。倒れているミシンを起こすと、針にはうまいぐあいに黒糸がかかっている。外れているベルトを直して、脱いだズボンをミシン台に広げる。

ペダルを踏むと、快いミシンの音が、空き家に響く。針の上下運動と、クルクル回る糸巻をみていると、田口はさらに快調な気分になって、折り返しの修正ばかりか、股ずれの部分も縫った。

「うまいなあ、こういうこと、ぼく」

とつい言ったりすると、彼は、用もない物を使うのがうまいと自分で言ってしまったようにも思う。古新聞を配る恰好をしながら、何十日かは暮らせたあの家、そして、埋まったクーペに住んだことなどを思い合わせると、用のなくなった物に世話になっている境遇を振り返らざるをえないのだ。

「しかし、あまり堪能すると、用もない物とともに消えてしまうかもしれないぞ」

大の字に寝転がってそう言うと、肩の辺りが寒い。居間からウィンドウに行き、マネキンにかかっていたミキのカーディガンをはぎとる。それから居間に戻って横になり、カーディガンを胸から肩にかける。

「ミキちゃんだって、カーディガンがないのを見たら、ぼくが来たと思うだろう」

仰向いて伸ばした片足がミシンのペダルに触った。踵に力を入れると、足の親指に触れるペダルが、弾みをつけてせり上がる。その親指に力を込めると、沈んで、踵の下が持ち上がる。カタカタと針の動く音が気持ちいい。それを聞きながら、田口はいつか眠った。その眠りの中にも、軽いミシンの音は従《つ》いてきた。バーバリー尾形は、入船町がまだ生活の弾みをつけていた時の頃に戻って、辺りには、電動ミシンの響きまであった。ウィンドウのマネキンには、ウールの背広がかけられ、配達から帰ってきたミキが、「はい、注文票」と叫んでいる。

「田口さん、今度はあんた配達してきてね！　駄目よ、新聞屋と違うんだから、配達して回る真似なんかしちゃ！」

「ミキちゃん、なにをしてんだい、きみ、ここで何してんだい！」

と田口は、ミキの肩を摑んでいる。

「配達してんじゃないの！」

「消えちゃうよ。ミキちゃん、そんなことしてたら消えちゃうよ！」

と田口は頬をポッポッとさせている配達員ミキの顔を覗きこむ。

「でも、あたし達、あの車で来たんじゃないの。来ようと言って、この町に来たんじゃないの」

とミキがウィンドウの外を指さすと、泥にはまって、車窓も泥をこびりつかせたクーペが百八十キロの速度で店の前を走り抜けてゆく。

「あんなもんで来たんだって!? ミキちゃん、消えちゃう、こんなことしていたら、そんな思いにふけっていたら消えちゃうよ！」

そう叫んで田口はとび起きた。空き家の居間は暗かった。ウィンドウも、その外も暗かった。夜になったのにも気付かず、とび起きた目が探るその暗さは、クーペに乗って沈んだという夢の暗さを引きずっていた。

手さぐりでウィンドウに向かい、カーディガンをマネキンにかける。外に出ると、広がる駐車場の白ラインが遠い街灯の明りを受けて光っている。振り返ると、バーバリー尾形のウィンドウは暗く、カーディガンの色もみえない。店の奥は、今迄寝ていたのが恐くなるほどのもので、足早に遠ざかりながら、つい笑ってみたりした。

入船町からベッドタウンに向かうには地下鉄が便利だが、また地中を巡る電車に乗ると思うと憂うつだ。その轟音は、バーバリー尾形で踏んだミシンの音を思い出させる。そのミシンを、何万台も踏むような音が、トンネルの中を走り抜ける。

「お嬢さんのカーディガンがありました。ですから、お嬢さんはやはり、あそこに行ったんです。ということでお分りでしょう。待ってても帰りませんでしたが、友達の所へ寄ってるんじゃないでしょうか」

今、住む町に着いてから、ミキの家に電話をする。手紙を投函したのは昼下りで、まだ届いてはいないのだが、ミキの父親を安心させるために一報したのだ。

受話器を取った時の声も無愛想だが、田口の報告を聞いてさえ、向うの態度は横柄だった。

「ミキとはどういう関係か知りませんが、きみはなにをしてるんですか？」

そう言われて、入船町に向かったことを聞いているのか、田口の職業は何かというのか、分らない。

「ともかく、行方不明ではありません」

「誰が？」

「ミキちゃんが。ですから、手紙を読んでくれれば分るんですが、千代丸不動産なんかを調べ回らなくて大丈夫です」

「ミキなら今日帰りましたよ」

拍子抜けして、へという甲高い声がとびでてしまう。「代って」と、電話を引ったくった声はミキである。

「どうしてる、新聞屋?」

「どうしてるって……きみ」

田口は、ホッとすると同時に、またこのギャルに振り回されたのではないかと腹がたつ。

「クーペとともに沈んじゃったんじゃないかと思ったわ」

「ぼくは今日、行ったんですよ。入船町に」

「行ったの?　どうだった?」

「ミキ見参というのもみたよ」

「ありがとう。みつけてくれて」

「それで裏のね、バーバリー尾形で待ってたんですよ」

アハハハとミキは笑っている。

「ハハハ、いつまで待ってたって?」

「さっきまで」

「どうして、そんな所で待ってたの?」

「だって、きみの赤いカーディガンがあったからさ」

「赤いカーディガン？」

「マネキンに」

「あたしも行ったけど、そんな裏の洋服屋なんかには入らなかったわよ」

「でも、赤い……」

「そんなの、あたし着ていかないよ」

「でも、きみのだと思って、それを取って首に巻いて寝たりしたもんだよ」

「あたしのじゃないよ」

「じゃ」

「馬鹿ね」

「そう思って寝ちまったぼくはどうすんだっ」

「勘違いよ」

　田口はあの時こうも思ったのだ。消える町に行って消えてしまうかもしれないと言ったミキが、赤いカーディガンを残して行ったのは、段階を以て、ゆっくり消える術を、その証拠を、目印を与えたからではないのか、一人の女性が、その胸、そのヒップとともに消えてしまうなどということは有り得ないのだが、消える町を前にして、遊び心の過剰なミキが、そんな秘かなゲームをしている、そのためにカーディガンを残していったのだろうと、その目印を理解した。追うことも、待ち続けることもやめて、こちらへ帰ってきてしまったのは、彼がミキ以上にのめりこんでしまうからでもあり、うたた寝の夢で察知したものは、そんな性癖への戒めでもある。が、地下鉄に乗りながら、そんなゲームにはまっているミキを残してきたとしたらばどうする、置きざりにするのかと、痛い声も聞いていたのだ。

「では、また」

と力なく電話を切った。素っ気ない切り方だったが、ミキの思いつきに振り回されないために、これからもこうした態度をとろうときめる。すると、ミキの車にも寝てられない。田口は、風呂付六畳を借りる前の、三畳部屋に戻ってみる。崖下にあるそのアパートは、虫が多く、むかでも入ってきたりする。出た部屋はまだ借り手がなく、窓ガラスが一枚抜けたままになっている。そこから手をさし入れ、鍵を外す。忍びこんで壁のスイッチを押すと、電球は切れている。一晩の忍びこみなので、その暗い三畳に体を伸ばす。が、横になってから毛虫のようなものに触ってまたとび起きる。古畳になにが這っているのか分らないが、むかでかもしれないと思うともう寝てもいられない。刺されて手の甲がグローブのように腫れたことがあった。

去った部屋は居心地悪く、彼はまた窓から這い出て荷物を積んだクーペの方に向かう。車のトランクに炊飯器や布団などを詰め込んであるので、そこから毛布ぐらいは引張りださなければ、夜の寒さはしのげない。風呂付六畳の部屋から電球も盗んでくるつもりもあって、ぬかるむ駐車場に来ると、クーペはなかった。

ジャフに引きあげられたのか、クーペの埋まっていた跡に水のたまった穴がある。ミキが持っていったな、ぼくの家財道具ごとと、穴の前でしょぼくれていると、田口さんと声がかかった。風呂付六畳の部屋に明りがついて、窓から身を乗り出した千代丸不動産の親爺が手招く。追い出した者にしては、愛想がよすぎる、近寄ると、クーペに積んだ家財道具が、部屋のあるべき所に配置されてる。

「お風呂もわかしておきましたよ」

入れて出して、また入れて、なんの気変りかと見上げると、今は、桜さんが入っていると親爺は言う。

「桜さんを入れたとは？」

「お風呂に」

そう言われれば、湯を出す音の中に、桜の古い鼻歌が聞こえる。

「どうぞ、好きにやって下さい」

「どういうことですか」

「まあ、ちょっと入りませんか」

窓から這い上ろうとすると、泥棒じゃあるまいしと笑われて、回って廊下から、許可のでた部屋にまた入る。

「もう二度と言いませんよ、ここから失せろとは。念書も書いたし、これ預かって下さい」

と渡された事務用紙には、たしかにそんなことが記してあるが、そういう確認は気味わるい。

「それでひとつ、とり入ってもらえませんか?」

「なにに?」

「吉川さんにですよ」

「吉川さん?」

「土地評価額委員の」

十一人の土地評価額委員の一人がここに出てきた。

「どうも摘発する気らしいんですよ。裏工作もしたんですが、お固い人で、それはまったく通じません。あんたの味方のあの女性がそんな人のお嬢さんだと分っていたら、もっと早く手も打てたんですが、それに摘発される物件としては、小物ですから、そんなに目くじらを立てるとは思ってもいなかったんですよ。でも、三百平方メートルの取引に限らず、この間から、端数の物件にも目を光らせはじめたらしく、やはり、チェックせざるをえないのでしょう。あの新聞屋に貸してた家と土地、徹底的にやられるみたいなんですよ」

「土地評価額委員というのは、摘発する係ではないんじゃないですか?」

「そうですが、やはり、気付かれたわけでしょう。気付いたものは報告しなけりゃ、グルと思われてしまうでしょうし、あの人、やっぱりやりますよ。あんただって、あたしと大月さんが根っからの土地ころがしだなんて思えますか? 大月さんは、ただ税金の負担額を少しでも少くしようと、あの家に住んでるようにみせようと細工しただけなんですからね。息子さん夫婦と住んでる家は別にあるんですが、その息子が競輪狂で、ちょっと目を離していると、なにを持っていくか分らないらしいんですよ。それで、自分名義のあの新聞屋にあんかんとしてられず、一緒に住んで監視してたというわけなんです。血縁がいれば住まわせられるんですが、それもなく、新聞屋は遠戚ということにしてたんですよ。でも今じゃ、あの人ショックで、さっきだって踏切が下りかかっているのに、フラフラと線路に向かってくんですから」

「血縁者が居なくて、その家を放置していた場合、それを売ると、どのくらい税金はとられてしまうんですか？」

「五十パーセントです」

「でも、あとの五十パーセントは残るんですね」

「残るどころか、息子さんの借金が並じゃありませんから、返すにもその五十パーセントじゃ足らんでしょう。最后のトラの子だったんですねえ」

「でも、息子さん夫婦と住んでる家があるでしょ」

「それはもう他人の物らしいんですよ」

「じゃ、あの新聞屋しかないわけか」

「だから助けると思って」

「なにをすればいいんですか？」

「なるべく、うやむやにして欲しいんです。あたしたちのやったチンケな工作を。ことにあんたに頼んだことなどを。そうすりゃ証拠というものはないのだし、悪質な性格をもったものとはとらえられないと思うのです。そうでしょ、そんなに悪質なものではなかったでしょう?お願いします。細かい過程はことに伏せていただいてほしいんです」

そう言われても困る。

手紙は昼頃出してしまったのだ。明朝には着くだろう。そこには、細かい証拠となるものが書かれてある。手紙を書いたとも、まして出したとも言えずに、田口は、千代丸不動産の泣きごとに参ってしまって、親爺の肩をポンと叩いた。なんとかやってみる、ミキに頼み、話の進み具合によっては吉川評価額委員を説き伏せようと安受け合いをしてしまった。

千代丸不動産が何度もペコペコしながら帰って行った後、田口はステンレスの風呂に入った。桜おばさんは、その田口の背中を流して「よかったね」と笑うのだが、なにがよいのか分らない。風呂付六畳に戻れたことがよいのだろうかと鏡を見ると、その老いたる女性はまた裸になっていた。

翌日、田口は手紙をもみ消すために、吉川家の前に立つ。配達員が運んでくるのは朝の八時半頃かと狙いをつけて、その一時間前から植え込みに寄りかかっていた。手紙が箱に入れられた後、彼はその手紙を取り出して燃やしてしまうつもりであった。

この逆行動はなにかと自問したりして、一ケ月に渡る彼の暮らしは、なんだか分らないものになってしまった自覚はあるが、その分らない物と交換しても快適の風呂付六畳は守りたいと思っていた。が、千代丸不動産側になってしまった現在、ミキを敵に回すかもしれないと感じてもいた。ミキには、この心変りを説明し難《にく》い。では、あたしが手伝ったことは何なのよと言われたら、彼は卑劣な言い訳をするだけだろう。

配達員はやって来た。植え込みに隠れて何通かの手紙が差し入れられたのを見届ける。配達員が去った後、郵便受けに走り寄り、裏蓋を開ける。彼の手紙は確かにあった。それを抜きとろうとすると、突然、ミキにその手首を摑まれた。

「なにすんのよ、うちの手紙!?」

振り返ると爽やかな土地評価額委員の娘は、額に朝の露を浮かべていた。それは朝風呂に入った汗だった。

「あの、ここに僕の手紙があるんです」

「なに、おかしいこと言ってんの?」

「ぼく、お父さんに手紙出したんです」

「へえ」

「ほら、ここに」

と摑んでみせる。厚すぎる封筒だ。

「お父さんに何でさ?」

「あのお」

しまう。

あれらの内容を何と説明すべきか分らない。彼は、こじつけて、とんでもない作り話をして

「結婚さしてくれって書いたんです」

「お父さんに？」

「いえ、お父さんと結婚するんじゃなくて」

「あたりまえよ」

「ミキちゃんと結婚さしてくれって」

「突然すぎない？　それにあたし、あなたに性的な思いをもてそうにないのよ」

「性は、自然にでき上ります」

「いやよ。そんな突発異変は。あたしになんで、それらしい相談をしてくれなかったの？」

「うちの田舎ではこういう主義なんです」

「じゃ、先ず、あたしが読んで吟味致すわ」

と手紙はミキに引ったくられる。取り返そうとすると、ミキは手紙を胸の中、いちごの模様のあるブラジャーの下にさしこんだ。

「じゃ、お父さんにだけは見せないで下さい」

「おかしいじゃない？　お父さんに出したんでしょ？」

「ともかく頼みます。ミキちゃん読んでもお父さんにだけは渡さないで下さい」

「ともあれ読むわ」

こんなやりとりのなか、玄関のドアが開いて吉川評価額委員が現われた。土地関係の書類を詰めた黒カバンは部厚く、白髪まじりの髪はオールバックだ。顔は鼻高く目は細く、唇も薄くて、つるんとした皮膚の張りは鉄仮面の感がある。

出勤のために出てきた評価額委員の前に、田口は「お父さん」と呼びかけながら歩み寄る。ミキはニヤリと笑って後退る。田口が結婚の申し込みをするのかと思っているのか、「あたしは遠慮する」と背中を向ける。

「きみは?」

と吉川委員は、目の前に立った初めて見る男の、もじもじとした、それでいて目は人なつこそうな顔をいぶかっている。

「ミキちゃんの友達ですが、お父さん、あなたも伺ったことのある元新聞屋の家はそっとしといてやってくれませんか。千代丸不動産も同じく、しがない商売をしている哀れなものなんですから」

「すると、君はミキから聞いた犠牲者か?」

「いえ、ぼくはなにも被害を受けていません」

「でも、古新聞を配る恰好をさせられたんだろ?」

「あれはけっこう楽しかったんです。どう悪くとられたかは知りませんが、あのみみっちいカラクリを摘発するのはやめてほしいんです」

「そんなことは君に指し図されたくないね」

と険しい声になる。

「指し図するつもりはないんです。お願いしてんです」

「まあ、今朝はちょっと急いでいるから」とすり抜ける。その灰色のコートを田口は摑む。それがまた余計に不機嫌にさせてしまった。

「そうやってむんずと摑んで、それはわたしを引き留めるほどのもんなのか?」

「すみません」

と離す。吉川委員は歩きだす。その前に田口は走りこむ。

「どきなさい」

「小心者なんです。恐れてるんです。踏切が閉まっているのに歩いたりするんです。そういう、そんなたぐいの人達なんです。だから」

「わたしは摘発しないよ。ただ、取引と土地の維持の現状を報告するだけですよ」

「だから、それやめて下さい」

「やめたら、臭いものに蓋をすることになるでしょう」

「蓋をしてほしいんです」

「馬鹿も休み休み言うんだな」

「蓋をしないと、向うだって追いつめられたねずみだから何をするか分りませんよ」

「何をするんだ」

「お父さんがかこってる女を見つけてくるとか、お父さんだってどこかで持ってるやましいものを発見してくるとか」

「わたしは土地評価額委員だよ」

「土地評価額委員なら、なぜ、こんなに土地が高騰するのを止められないんですか！」

そう叫びながら、並の、まったくもって一般的なムードの感情が喉からとびだす。宿なしにとっては、土地が上ろうと空にのぼろうと、他人事でしかなかったのだが、吉川が宣言した土地評価額委員という一言に喰ってかかりたい気持は押さえられない。

「土地が上るのも経済のカラクリでね、わたし一人で止められるもんじゃないだろう」

「十一人いて止められないのか!?」

「なに？」

「十一という数はなんなんだ！　十一人なんて、不思議な徒党をつくって、それで一体なにやってんだ！　その十一人というのは、もしかして、大手の不動産屋や大地主と関係もって、クラブや料亭に呼ばれたりして、グルになって土地を上げてんじゃないのか？」

吉川の目は吊りあがる。娘の友達の言葉を耳に、娘の友は親の敵であることを確認したようでもあった。

「わたしがグル？」

「グル！」

「十一人のわたし達がイカサマ？」

「その十一人は信用できない」

「信用できないからなんなんだ？」

「十二人となるべきだ！」

「なんだっ、その十一人たすもう一人は？」

「料亭などに呼ばれない清い土地評価額委員が」

「じゃ、きみ、なりなさい。なれるものならなりなさい。そして土地の高騰下げなさい」

冷ややかな鉄仮面の顔と、冷ややかな物言いに戻って、十一人の内の一人の、土地評価額委員は田口の顔をみつめ、そして去る。

論争をするつもりはなかった。論争というよりも、言いがかりのつけ合いと飛躍の連続だった。どこからシャモの喧嘩のようになったのか田口には思い出せない。今は死語になってしまったルンペン・プロレタリアートの憤りが、田口の口から亡霊の鎌を振り回したようでもあった。

田口は追いかけて行って謝ろうかと思った。が、言ってしまってすがすがしい気持もしていたので、謝る気はやはりなかった。千代丸不動産の委任も果せず、これからどうしていいか分らない。田口は吉川家の前から離れて、ふらりと駅前の方に歩くだけだった。そして町角にさしかかると、手紙を摑んだミキが待ち構えて「読んだわ」と言った。

「結婚の申し込みなんて大嘘。直訴状じゃないの」

「うん」

「それでお父さんに何を話したのよ」

「書いたとおりだよ」

「お父さん、なんだって？」

「怒らしちゃった」

「当り前よ。これだけはあたしも手伝えないもん」

「お父さん、今日はどこへ行ったの？」

「市役所よ」

「市役所で何かあるの？」

「一週間に一回、委員会の集りがあるのよ」

「そう」

「じゃあね。それからクーペはもう使わないで。あたし温泉旅行にあれで行くから」

と振り返らずに行くミキを見送り、田口は赤いカーディガンを思い出す。そんなミキよりも、赤いカーディガンが懐かしい。

彼はS町行きのバスに乗る。駅から六つ目のバスストップが市役所前である。そこで下りると、市役所の建物は二棟に分れている。一つのビルに入って、固定資産税の窓口に行く。

「土地評価額委員の方の会議はどこでやっていますか?」

「隣りですが」

事務員はそう教えてしまってからうろたえだす。「ちょっと待って下さい」と奥のデスクに走りだすが、田口はもうそこをUターンしていた。

報告されてしまう、その会議で公けになってしまうと焦る気もあって、足は小走りになる。が、一介の市民である彼が、その会議にとりつく間《ひま》もなく、その資格もない。隣りのビルの窓口で、また事務的に会議場をたずねながら、二階の廊下にたどりつく。ＡＢＣと続くルームナンバーを見上げて、奥まったCのドアの前に立つ。

ノックをすると声はない。二つノックすると十一人の声が合唱して「はい」と答えた。油がきいて音もしないドアを開ける。

大きなデスクを囲んで十一人の土地評価額委員が座っている。午前の光りが窓からさし込み、デスクも十一人の顔も蒼白い。ばらまかれた書類のハレーションだろうか、そこらを包む光は紙の色であった。

「どなた?」

と十人の土地評価額委員が聞いた。十一人の一人の、ミキの父だけが、唇をふるわせている。

「どなたです?」

とまた十人の評価額委員が合唱する。

「十二人目の土地評価額委員です」

そう言いながら、紙の色が押し包む光りの方へ田口は歩いて行った。

メダカ

町内の縁日に行った時、金魚売りの前に立っていた。ブリキの盥《たらい》は二つに区切られ、片方には、金魚、デメ金、どじょうなどが潜っていた。水草で守られたもう一つの囲いには、メダカ達が群がってひしめき合い、パン屑を突っついている。

その内のメダカが一匹、一つと言った方がいいだろうが、仕切りの隙間を抜けてきて、金魚達のいる縄張りに入り込んだ。それはデメ金に追われ、あっちこっちと逃げ泳ぐ。が、パクリと飲み込まれるのは、もうすぐだ。その寸前、私は片手の平をデメ金の前に突っ込み、「このメダカ、一匹下さい」と、金魚屋に呼びかけた。

「メダカ一匹なんか、買う奴見たことないや」という顔をして、親爺は、私を見たが、千円札を出した私に、「なら、五匹ぐらい、一遍に持っていって下さい。そしたら、五千円になって、こちらも気分のいい商売になるんですから」と言う。

「後の四千円がないんです」と、しかめ面をする私に、親爺は、一四だけ、すくい、それを水入りのビニール袋に入れた。

それでは余りにも苦しそうだ。それを持って金物屋に行き、売れそうもない錆びたバケツを指さし、「これ貸してくれませんか。お代は、後日持ってきますから」と言うと、「いいや、そんなの、店のじゃまだと思ってたんだから、とっとと、持ってきな」ということになった。

夜、井戸水を入れて深くしたバケツの水槽に、メダカが踊る。

「あの、藻々井《モモイ》と申しますが、以前、このアパートに住んでいた……この部屋に」

それが何だろうか。

「すいません、突然こうしてお訪ねして。実は、そこの押し入れに〈雪洞《ぼんぼり》〉を置き忘れていたのを思い出し」

ボンボリが何の用を足すのか分らない。

「あ、そうですか。どうぞ、そんなのお引き取り下さい」

と威張って言うと、「じゃ」と彼女は部屋に上がり、「あ、まだ髪が濡れているわ。ドライヤーを使った筈なのに」……そう言い、濡れた後ろ髪を、たくし上げる。

「あ、あった、あった、この桃色雪洞」

引き開けた押し入れの中から、そのボンボリとやらを摑むと、奥底の針金に差し込まれたローソクに、百円ライターの灯を点ける。

それから、小さな提灯は、引き上げられ、ふくらんで、桃色の明りを、辺りに揺らしてみせる。

バケツの中のメダカも、その灯し火に、くねって潜る。

「あら、メダカちゃんが居るんじゃないの」

と、藻々井さんは、バケツの中を覗きこむ。「それも一匹。この一匹さんは、ここに何しに来たの？」

さし上げる雪洞に、少し目が眩《くら》んだのか、私はこう言ってしまった。

「メダカの学校を探してるんです」

「それはどういう学校？」

「〽ソォーっと覗いてみてごらん、皆《みんな》でお遊戯しているよ〜の」

童謡だ。昔の。今ではそんなの誰も知らない。

「そしたら、あの学校を覗いてみようか」

「どんな学校？」

「その下水橋の向うにある……」

「ある？」

「廃校」

雪洞を提げて、私はバケツを持ち、その廃校に向かって歩んだ。

泡立つ下水の上の橋を渡って、〈君達学校〉の名がつく、裏門から校庭の中へ忍び込む。近くにあるマンションの蛍光灯が、三階まである教室の窓ガラスに反射する。三階の二つの窓は、風に破れて、ポッカリ口開け、校庭に立つ、雪洞とバケツの中の稚魚を見下ろす。

「ほら、あの教室さ、一番淋しそうな。そこまで階段上がって、あの教室の黒板に、この桃色雪洞下げてやろう」

藻々井さんは、本気でそう言い、バケツの柄にも手をかける。

雪洞の光りを頼りに、私も校庭を斜めに突っきろうとすると、バケツの中のメダカも小踊りしているようだ。

もう少しで、校舎への裏門だ。行き着きかけて、なにげなく、ひび割れたアスファルトの足元を見た。

そこに、〈黒板消し〉が落ちている。白墨の粉も浮かんで。それを見た時、三階の黒板までたどりつけない気がした。〈黒板消し〉で消されてしまう。とまどい、そんな小さなものなのに、跳び越えようとすると、バケツの中の水は溢れて、外へ散りかけた。辛うじて、バケツを押さえると、前にのめって、引っくり返った。

校庭に散った水と共に、あのメダカが見つからない。

「藻々井さん、見つけて下さい、あの一匹をっ」

見回すと、その藻々井さんはどこにもいない。桃色雪洞も消えている。

只、私だけが、ひび割れたアスファルトの裂け目に口をつけ、「メダカァ、まだ名をつけていない私のメダカ〜」と呼んでいた。

ガラスの胎《はら》

「研究会でまかれたビラ、あるいは、日本産婦人科学会に送られた公開質問状に目を通しながら、私にも反論の余地があり、いくばくかの責任を肩に、発言の場と機会を求めておりました。

その権威筋から根拠ある経過発表と科学上の今後の見通しが出されれば、私ごとき者の割り込むところではないとも思いますが、〈子供かくし〉や〈緘口令が敷かれている〉の文面を見るにつけ、子供をかくすべくもなく、あるいは緘口令の下された記憶を持たない私、及び私の周辺は、なんらかの形で、弁解しなければならない。今、私は弁解などという卑小な言葉を使ってしまいましたが、遜《へりくだ》り、お叱りを受けることも承知の上で、この私と私の周辺の声をお届けしたい気持で一杯です。

A子さんの娘さんのB子さんの、二年後の死亡については、残念極まりなく、母胎の半分は力を貸したつもりの私としましても、微細にわたる調査と、この不運を可逆的に押し開く今後のヴィジョンを期待するところです。只、ここで申し述べておきたいのは、産出されたB子さんに、障害があったという噂の文面についてであります。B子さんには水頭症と兎唇《としん》や口蓋裂《こうがいれつ》などの障害があって、こういう非人間的な産出の場合によく有りがちな染色体異常の可能性が大であったということですが、それを確認するのが、なぜ、Y・H大学医学部とそのチームにのみであって、私と私の周辺に来なかったのか、そして今も来ようとしないのか、腹立たしい限りです。

私は科学者ではありませんが、また科学者と接触しようと思ったことはなかったのですが、二年前にY・H大学に製品を搬入する機会を持ったガラス会社の営業マンであります。手短かに申せば、ガラスの母胎を運び込んだ者です。週刊誌のグラビアなどで、医師の手にかざされた試験管を見ながら、私の搬入した品物が脚光を浴び、ガラスの母胎として振る舞っているのに、感動致しておりました。『ちゃんとお勤めするのだよ』などという言葉も洩れ、横に立っていた社長に、お前はガラスの女衒だと笑われてしまったくらいです。

女衒呼ばわりはひどいですが、あのガラスの母胎の叔父くらいには思っております。

試験管ベビー誕生の大ニュースには、社員揃って赤飯をたきました。あの興奮は何だったのか今もって不思議に思い、その思いは今も尾を引いております。

一役買えた嬉しさでしょうか、科学の最先端に使わした試験管の輝きは、我が社の誇りで、赤飯の前に、残余の試験管を数百本並べ、『お前達も行け、続いて行くんだ！』と皆、その試験管を撫でました。

この製品と私達の交流は幸せな錯乱でありました。

が、二年後のB子さん死亡記事によって、その交流さえ苦々しいものになりました。その要因を求めるに当って、ガラスの母胎に欠陥があったのではないかという世間の冷ややかな視線を、皆どこかで感じています。ガラスの母胎ならまだしも、ガラスの女なんか作りやがってという驚くべき誤解と偏見さえありました。

お得意さんに、ガラスの母胎で自然の摂理を曲げたとなじられた日など、社長は、気が狂ったように試験管のビーカーやフラスコを割りました。私達は泣きながら社長を止め、叩きこわされる娘をかばうかのように、透明で光り輝くものを遠ざけました。

なにやら、わが社の愚痴になってしまいましたが、B子さんの死亡後、このようにして私の周辺はそれまであった日常らしからぬものになっていることをお伝えしたかっただけです。このような生活の場から、私の発言があることを念頭にお読み頂ければ幸甚です。

ここに於て、二年前、Y・H大のZ教授に目をかけられたあのガラスの母胎について個別的に述べさせてもらいます。

あの試験管は、今も廃棄されずに、研究室の隅に置かれてあります。成功すれば、Z教授記念病院に持ってゆかれるところでしたが、B子さんが亡くなってから、Z教授自身、それに嫌な思い出があるかのように置き去りにされました。

失敗したガラスの母胎として磨く者もありません。

そこで、読者諸氏、私の言わんとするところは、緘口令を逃れたその物品を、衆目の中に引き出して欲しいと思うのです。

そのガラスの母胎にこそ、ビラや公開質問状を突きつけるべきではないでしょうか。疑視の観点を、そのガラスの母胎に九十度の角度を以ってぶつけてみることこそ、科学を越えた超科学的な態度と言えるのではありませんか。

ガラスの母胎は存在したのです。それを無視して、疑念が暗やみにとけることに我慢がなりません。

試験管ベビー誕生と騒ぎながら、その試験管になぜ接近して、問わないのか、これではガラス殺しです。」

これは、「テクノと市民」誌六月号に投稿した染屋の文章である。その雑誌は医療科学への問題提議などを掲載する良識ある月刊誌で、彼の文章が載ってから二ヶ月が経つ。その間に七月号も出たが、染屋の意見に対する反論なりはどこにもなかった。編集部に電話をして、無視される理由を聞いたが、これは無視ではなく十分に反応ある沈黙であると慰められた。が、職業意識も昂じると、こうも奇妙な責任感を産むという立ち話を、彼はお得意先で耳にしている。

そこで下手な慰めではごまかされない。

社内での立ち場も居心地悪い。文章の中で社長が気が狂ったようにビーカーやフラスコを割ったと書いてしまったところなどは、彼自身、ペンが正直過ぎたと思っている。事実ではあるが、社長にも読まれることを考えたならば、もう少し、その衝動に至る経過を詳しく書くべきであったと反省している。

割るという行為は、人々を不安にさせる。ガラス屋の社長が、ガラスを引っぱたいたなどという噂は、その理由と関係なく、透明な物に囲まれて狂乱している姿を意外にクローズアップさせる。

社長室に呼ばれて、今度書く時は一度自分に読ませてから発表したまえと言われた時、社長がガラスの屑に埋まっている姿を想像してしまった。社内での立ち場を居心地悪くさせているものに女子事務員の存在がある。

廊下ですれ違う時、「いやあ、うつっちゃったあ」と同僚に叫んでいる女子事務員がいた。なにがうつるのか、今だに分らないが、その不快なはやしたては忘れられない。社内日誌の自由メモに「僕は他人にうつすべき菌を持っていない」と書いたが、次の日、そのメモの横に「脳波がうつるのよ」と赤エンピツで採点されていた。

ガラスの母胎と書いてしまったことに、今もあれこれと補足してみたくなる。ガラスの母胎を搬出したのは彼だが、その母胎を作ったわけではない。

搬出しただけでこれほどに責任を感じているならば、それを作った者はもっと原罪感に打ちひしがれている筈であり、それを作った者を一度探し当てなければならないと思う。それをたどると、次にガラスの原料となった鉱石にも行きつくことになり、その鉱石にも責任を問わなければならない。その鉱石に問題を問うと、鉱石を産出せしめた大地にも潜りこまなければならない。が、この探求は果てしがないので、人為的なところで踏みとどまろうとも思う。

そこで染屋はS市の外れの下請け工場に赴いたが、試験管を作った職人は三人いて、週刊誌のグラビアに写っている試験管を正確に自分が作ったかどうかは定かでないという答えだった。月に何万個も製造する試験管に固有の記憶を持ってたまるかと、にべもなく言った一人は、ガラス吹き棒で染屋のへそを突っついた。そこには責任のかけらもなかった。もしも、自分が吹いて作ったという職人がいたらば、彼こそ神だと敬うつもりだったが、ガラスを作る野獣は、さんざん染屋を馬鹿にして追い出した。

ガラスの母胎に関わる人為的な一点は、自分しか居ないことに淋しさを抱き、染屋は市内に帰った。

その翌日、社に見知らぬ女性からの手紙が届いた。事務用の茶色い封を切ると、一枚の便箋に女性独特の丸文字がつらねてあった。

それはガラスの母胎という言葉は使われるべきでないという意見であり、なぜならば、卵子も精子も、試験管に着床したのではなく、A子さんの胎内にこそ着床したのだから、試験管は母胎と呼べないし、そう呼ぶべきものでないと、たしなめていた。

〈着床〉を尺度にすれば、そう断定されるのだろうが、試験管もまた一瞬の借り腹であったのだから、一瞬の〈着床〉もあったと言えるのではないかと、染屋は説得されるつもりはない。手紙を丸めて屑かごに放りこむと午後になってから社長に呼ばれた。社長机の上に捨てた手紙が広げてあって、その皺を伸ばしながら社長は言った。

「お前、この人の書いてる通りだよ」

かつては赤飯をたいて、試験管を並べたことのある社長が、こうも常識的になって、さとすのには訳があるのかと、染屋自身、現在の営業実績などを振り返ってみたが、落ちこんでいるわけではない。ガラスの母胎への加熱した気持のために、成績がダウンしているのならば、そのさとしも受けようが、社長の説教は、単に「ものの思い方」へのくさびだと、染屋は思った。

ガラスの母胎を思う気持は変りようがなく、こうした思い方は、ガラスの製品を売るのにも益あって害になることはないのだから、社長の説教など胸に届くかと、染屋は社長室を辞去した。

それから一週間、染屋とその周辺に、平凡な日々が過ぎて行ったが、その気になる平凡さが、染屋とその周辺に迫ろうとする或る気がかりなことを隠ぺいするカムフラージュであるようにも思えた。

確実に急変する何事かが、もうそこまで近付いていると、突然椅子を蹴って立ち上るのだが、それはなんだか分らない。

或る日、社内の者は、トイレから鳴る奇妙な音を聞いた。セロハンを唇に当てて震わすような音だが、それは次第に高音に昂まり響く。昼の怪事に社長も乗り出し、音のするトイレをノックすると、「はい」という染屋の声が聞こえた。ドアを開けると、染屋がフラスコを持って立っていた。

音は、そのフラスコの縁を指でこすって鳴らしていたものだった。

「なにをしとんじゃ?」

「急務を聞こうと思ったのです」

震える音で、沈黙の中に忍び寄る何事かを聞き当てるというのが、染屋の発案したものだったが、周辺の騒ぎで中断された。

「社に於て、仕事以外のことはするな!」

社長の一喝でフラスコは取り上げられ、それから、仕事の虫になったが、彼には仕事というものが分らなくなった。彼なりの「ものの思い方」が封殺されるならば、仕事などは何の意味もないのであった。

或る日、妙な勘が働いた。

それは仕事の山を越えてきたわけではない。昼休みの青空を見上げていて、その勘はやってきた。その瞬間、青空が裂けて、裂けたその向うから、トイレット・ペーパーの山が降ってきた。

その錯乱の現象の中から「来てっ、ソメヤ!」という声が聞こえた。

そして、急務の何かを嗅ぎとった。

それは、ガラスの母胎が彼を求める声だった。

彼女が毀《こわ》される！

彼はそう感知した。何か来ると思っていたものはそれだった。

誰かがそこに来て、それによってガラスの母胎は毀される。平凡な日々が隠そうとしていたものはそれだった。

彼は社長室にとび込んで社長に言った。

「社長、青空の裂け目から、トイレット・ペーパーが落ちてきますっ」

仕事以外のことは考えるなと言ったろうと、社長はデスクを叩いた。染屋は報告すべきものを慌てていたために間違えた。

「社長、あの試験管が毀されるんです！」

Y・H大学の医学部に放置された試験管が誰かの手で毀されるという染屋なりの勘は、一応社長の耳に入ったが、泡くった染屋の態度は依然として理解されなかった。用済みの試験管はいつか毀されても仕方なく、それを止める理由は我が社にないというのが、分別を心得えた社長の意見であったが、分別に身を任したとしても、染屋には、用済み故に毀されるという理屈が耐えられなかった。少くとも人間の子を媒介したガラスの母胎が、用済みとして他の物体と同じように廃棄されてたまるものではない、物体ではあるが生き物を仲介したガラスの胎である、飾られて然るべきものであって、蹴っ転がして割るなど罰が当るというのが、リアリスチックな思い入れであった。この誇張した感覚は笑われるべきものでなく、至って有り得るものだという自信もあった。

勘が働いたその時点、つまり蒼空の亀裂から便所の巻き紙が落ちてくるなどという、あられもない現象に脳を小突かれた瞬間だが、どこかから染屋に向かって電報が発信されていた。丁度、社長室で分別ある意見に苛立っていた時、その電報を女子事務員が持ってきた。差出し人は個人でなく、初めて聞く学会名であった。それは〈石女《うまずめ》学会〉とある。

「ヨタヲトバスナ　ウマズメガッカイ」

その第一報の後に、もう一人の事務員が第二、第三の電文を持ってきた。

「オマエノヨタハ　ダイガクガワノミステリートモミツブシヲ　カクランサセルモノダ　ウマズメ」

第三報はそれに続く。

「シッパイセシアト　ダイガクガワハ　コレデ　タイガイジュセイガ　ヤリニククナッタラコマルトイッタ　オマエノカイシャモコマルダロ　ガラスノオンナモ　ウレヌカラ　カクシテガラスノボタイハ　ウマズメノテキ」

とやや長いもので、敵視する筋が読みとれる。「テクノと市民」に載ってから二ヶ月、なんの反論もないのが気味悪かったが、やはりこうした怒りが、沈黙の中に潜在していたことを、今さらのように知り、染屋は震えた。それ以上に社長は腰を抜かした。〈石女学会〉というものの存在が、社の先行きに暗雲たれこませるものとして現われたのだ。その名称は、子供を産めない女性の大決起集団として想像されたのである。象形文字の凄さで、〈石女〉と書かれると、百貫もある石の塊りの女が、社に飛来してくるように思ってしまう。

「バカヤロオ、なにが青空からトイレット・ペーパーが降ってくるだっ。降ってくるのは石女だ」

社長はそう吠えた。皮肉な勘だった。〈石女学会〉と事を構えるのも損だし、訴訟問題に発展した場合、何の得にもならず、時間と世間体の無駄だった。少しは愛嬌あるものと読まれた染屋の文章は、ここに至って、騒動の元凶となってしまった。〈石女学会〉というものがどんな集団か調べずに社長は次にこう言った。

「染屋、お前、ウマズメ学会に行って謝ってこいっ」

それにこうも付け加えた。

「ただ行っちゃ駄目だ。試験管も何本か連れて行けっ。そして、求められれば、その試験管、目の前で踏みつぶせっ」

気は動転していて、言ったことをまた引っくり返す。

「待て、試験管なんか持ってくなっ、そしてお前も行くんじゃあないっ、お前なんか、行ってまたどんな馬鹿をしゃべってこじらすか分ったもんじゃあるまいし、ちょっと待て、今考える、ああ、考えようにも何も考えられない、ちくしょう、あの下らない文章がっ」

と、発端に戻ってしまう。

麦茶を一杯飲んでから、いくらか冷静になり、デスクに三つの電文と、「テクノと市民」に載った染屋の文章が並べられた。

「これは一体、何を怒っているのだろう？」

その吟味と相手の意中を計るために、電文と活字が点検された。一週間以上も前に送られてきた手紙も添えられた。その手紙の中にあるややおだやかな意見は、着床していないから、ガラスの試験管は母胎と呼べないとあり、染屋のヨタを常識的に諌めている。電文第一報は、そのヨタに対する頭ごなしの怒りで、第二、第三報は、怒りを支える〈石女学会〉の論拠である。「何を怒っているのだ」と点検する以上、その第二、第三の論拠を追ってゆけばいいのだが、片仮名の電文は暗号のように見え、これからもどう出るか分らない怒りが、その片仮名の陰に隠れ、読み手の出方を待っているようだ。

では、さほど悪意はない染屋の文章を再読して、弁解のキーポイントを探してゆけばよさそうなものなのに、社長は、そんなものと、あっさり斜め読みするだけだった。元凶を微細にわたって調べることなど腹が立つだけだというように、最後には、三つの電文で隠してしまった。

「待て、これはお前の文章を読む迄、お前のことを怒っていないな」

と当り前のことを社長は言う。

「ええ、知らないんですから」

「この〈石女学会〉は初めに、大学側を怒っているぞ」

「ミステリーをやっているとかね」

「体外受精はやりにくくなったとか言った大学側をな、そして、大学側は突然にして口封じを決め込んだ」

「そのようですね」

「口にシャッターを下ろしたんだ」

「ええ」

「ところが、お前が横から出てきて、口のシャッターを開けてしまったんだ。そして、試験管のセールスマンだったお前は、大学側の走狗《はしりづかい》に見られている」

「走狗と重なる一点を怒っているのでしょうか?」

「走狗どころか、大学側のタイコモチに見られているよ」

染屋は三報目の電文を覗き、最後の一行を指さす。

「でも、怒りの本体はここにあるのではないでしょうか?」

「なになに?」

「ここで人間の女が、ガラスの女に怒っていると読めませんか?」

その一行はこうだ。「カクシテ　ガラスノボタイハ　ウマズメノテキ」それだけ読めば、確かにそう白状している。が、人間が、少くとも複数の人間が、そんなことで怒るわけがないと、社長は言うのだ。

「それはな、お前に狙いをつけて怒れば、こういう電文になるのだよ。つまり、お前の物の考え方、脳波に合わせて、向うはやや遊びながら、こう怒っているのだよ」

「向うは遊んでいるのですか?」

「違う! 遊びを介在させなければ、この深刻さは息がつけんのだ!」

石女学会が怒っている理由は、結論として大学側の走狗となった染屋とその周辺(ガラス屋)ということに一段落して、自戒せよという言葉が染屋に下った。更に電報と抗議はくるかもしれず、成りゆきによっては社長共々、謝罪にゆくか、知らん顔するかは後日決めるということで、社長は「ゲット・アウト」と染屋に言った。が、どう自戒しても、試験管が毀されるという勘は覆せないのだ。

もしも試験管を毀す者がいるならば、電文で敵視している石女学会の使者だろうか、そもそも、石女学会とはどれほどの組織と力を持った集団なのか、廊下に立って、あれこれ思案したが、資料は脅しの電文しかなく、染屋の頭は空から落ちてきたトイレット・ペーパーにぐるぐる巻きとなる。

自戒を破って、午後からS市内の図書館に向かった。青葉茂れる図書館で、二年前の新聞をタイム・マシンすれば、体外受精の記事の中に、石女学会らしきものが浮上してくるかもしれないと気がついたのだ。

縮刷版をめくると、昭和五十八年十月十四日、M新聞の、忘れられない夕刊が現われた。一面を埋める記事の上部に、B子さんを抱いたマスクの医師の姿がある。撮ったのは、十四日午前六時三十五分すぎ、手術室でという写真脇の説明もある。写真の中の医師は右手の二本指で、左手に抱いたB子さんの足指を触っている。B子さんの両手は耳まで上がっているが、顔は医師の胸の方を見ているので、目鼻立ちはよく見えない。その夕刊に群がった時、染屋の会社でも、皆口々に、もっとお顔を拝見したいのにと口惜しがったものだった。そりゃ、赤ん坊にも肖像権があるもの、きっと心ない読者を考え辞退したのだと社長も笑った。久し振りに見る夕刊の写真を覗いて、染屋は、あれっと言った。当時は、赤ん坊を抱いている医師を、染屋の会社も誇りに思う主任教授Z氏と思っていたが、白い手術帽とマスクの間から見える顔は、意外に痩せた別人だった。社内あげて浮かれたために勘違いしていたのだろう。医師団の誰かであろうが、体外受精児がとりあげられる迄の苦労談などを雑誌に発表したり、写っているZ氏の顔が余りにクローズ・アップしてしまい、それが帽子とマスクの間の顔と重なり、すれ違ってしまったのかもしれない。

その勘違いは染屋の方に問題があるために、自分の頭をポカリと撲って、それから拡大鏡を使って記事を再読した。

石女学会というようなものはどこにも見当らない。

新聞の縮刷版は、そこで開いたままにして、そのスクープに因《ちな》んだ週刊誌、フォト雑誌を調べ始めた。専門用語を超越したようなそんな名称はどこからも出てこない。代りに、気になる写真を見つけて、染屋は、あれっとまた言った。二年後、つまり現在のフォト雑誌に、主任教授Z氏が、手札大の写真を持って写っている。持った写真は、二年前のM新聞に載っている手術成功のものだ。赤ん坊を抱いているマスクの医師をZ氏と勘違いしたものである。

手にかざしているその写真は、記念に、それを撮ったM新聞のカメラマンからもらったものかと思ったが、Z氏が、なぜそんな恰好をして写っているのかが分らない。二年前にY・H大でこういうことがあった時の私ですと、やや押しつけがましい説明をしているとしか見えない。

素直なZ氏と思えば、おかしがることもないのだが、持った手札大の写真は、Z氏を傷つけるような想像を染屋に与えた。その手札大の写真は、M紙の夕刊に載ったものと同じだが、医師団の誰かが撮ったものではないかという疑念だ。とすれば、M紙のカメラマンは手術室に入ったのではなく、手術室で医師の誰かが撮った写真をもらい受けたことになる。プライバシー問題も重なった当時のことを考えると、新聞社のカメラマンも、おいそれと、市民権のあるB子さんを撮るために手術室には入れなかったのではないか。そこで、Z氏側から出された写真を新聞に拡大して、いかにも臨場感あるものにこしらえたなどの、染屋らしからぬ詮索が続く。が、手札大の写真が、手術成功後の早朝に撮って直ぐ焼き上がるわけにゆくまいという常識が、その疑念をさらりと引っくり返した。思えば、他の週刊誌のグラビアをとっても、臨場感ある手術現場をZ氏はカメラマンに撮らしている。撮らし過ぎている。が、それにしてもだ、当時の写真をかざしたZ氏は、科学者ならぬヤマ師の姿をやや喚起させてしまうのはどうしてなのだろう。

M紙のカメラマンが撮った写真を、いくら記念とはいえ、もらい受け、笑ってしまう程真面目な顔をして、二年後の今もかざすのか、巡りめぐった解釈に染屋はなんだかガックリしてきた。が、これもまた、が、なのだが、Z氏を記念する病院が出来ることを読んで、その写真を大事にしている氏の価値観が分ったりするのであった。

染屋は石女学会を探り続ける。どこにもなく、開いたままの新聞紙上にまた戻る。石女学会はなかったが、学会と名の付くものに見忘れていたあるものを見つけた。

それは〈不妊学会〉であった。断じて石女学会などではない。〈不妊学会〉とは、不妊者を医学対象にする医師団の研究会である。

図書館から戻ると、そこは夕暮れの社長室であったが、自戒を破ってまで調べた成果を染屋は社長に告げた。

「不妊学会はありました。石女学会と、これ関係ありましょうや否や!?」

社長は夕暮れの社長室が好きだ。黄金色の光がデスクに置いた新製品、透けるウォークマンに反射して、しばらく耳栓から流れるロックに酔いしれていたが、染屋の報告を聞くと、しぶしぶ耳栓を抜き「ワンスモア」と英語を使った。二度言うのが蛇よりも嫌いな染屋は、デスクに腰乗せ、「不妊学会、不妊学会」と社長の耳に漢字をねじこむ。

あらかたの報告を聞き終り、社長はニヤリと笑う。

「これはガセだな」

石女学会は架空の名で、おそらく実体はないというのが社長の推察である。

「でも、お前、一応しらべろ。石女学会へ行ってこい」

電報は東京から発信されているが、ウマズメと略名があるのみで、住所を探すべくもない。

染屋の困惑した顔色を読まずに、社長はまたロックの流れる耳栓のとりこになる。社ぐるみ、いつか訴えられるかどうかは、それがガセか否かにかかっているので、染屋はすがる思いで「テクノと市民」編集部に電話する。編集部は東京にあるので、なにがしかのヒントを与えてくれるのではないかと思ったが、染屋の作文を一回のみ担当してくれた編集者も、この石女学会についての情報は皆無であった。

「不妊学会は研究医の会だし、それが石女などと遜《へりくだ》るとは思えませんね」

「すると、不妊の女性たちの会でしょうか?」

「それにしても運命的な我が身を石女などと語るでしょうか?」

「架空ならそれに越したことはないんですが……」

「でも、あなたの発表されたものへの反応ですから、ちょっと調べてみましょう。今夜いっぱい時間を下さい」

こうして電話が切れた時は、架空の気配が濃厚だった。架空であれば、青空が割れてから今もひっきりなしに聞こえるガラスの母胎の、危機を伝える声を、あやすことができる。偶然で毀れること以外に、意図をもって毀しにくるものは、今のところ、名乗りをあげた石女学会しかなく、これも架空であれば、それが架空であることを暴いて、自分の勘と、棚に眠るガラスの母胎をなだめられる。が、この夜は寝苦しく、試験管と試験管が触れる微かな震動が耳について離れなかった。朝方、外で瓶の割れる音がした。とび起きると猫が落した牛乳瓶の破片が勝手口に散らばっていた。そして、この朝、社にかかった「テクノと市民」の編集者の電話から、石女学会が存在することを知らされた。

その部屋は噂のとおりに三十度ほどの室温を保たれていた。西から寄せる低気圧に、半袖では震える寒さであったが、二重の戸を開けると、ややむれる温気が、染屋と編集者の首筋にからんで乗った。

やや寒い夏の暖房は、ひしゃげたアパートの二階の、四つある部屋の中で、この部屋にのみ作動していた。八畳の部屋の、押し入れの横にある和箪笥の上には、大小のこけしが百本ほど並び、古い柱時計の陰に白衣が掛かっている。天井からは羽目板が見えなくなるまでの千代紙の折鶴が吊り下がり、二、三羽、電球の傘に糸を絡ませている。舞い降り、宙吊りになった折鶴を払うと、押し入れの上に額がはまって、そこにこんな文字が連なっている。

「看護する私達としましては、体外受精は昼夜の境なく続けられるので、気はいつも引きしめていなければなりません。採卵は一人の患者につき、一回で成功するなどということはなく、十回、二十回と続きます。そこで採卵時には、手術室の温度を三十度にするのですが、室温の狂いはドアの開け閉め、そこにいる人の数によって常に起こるので、気をつかうのは並のもんじゃありません。

看護婦の仕事から見ても、体外受精にはいくたの困難がありますが、赤ちゃんの欲しいお母さん方のことを考えると、今日もまた燃えるのです。(婦長)」

ここはY・H大のあるS市ではない。東京上石神井の駅に近い木賃アパートの一室である。そこに、なぜ常温三十度などという空調への気くばりがなされているのか、額の言葉を読み終った染屋と「テクノと市民」の編集者は顔を見合わせる。編集者百々井から電話をもらった後、ともかく石女学会と町内から呼ばれるその場所を確認しようと、染屋は、午前の新幹線に乗って来たのであった。百々井と待ち合わせてから、上石神井の閑散とした駅で下り、池を巡って目当てのアパートにたどり着くと、何十分か遠まきに、石女学会と呼ばれるアパートの二階を見上げていたが、気になるのは、他の部屋にはない、壁から突き出た古型の冷暖房器だけだった。夏に暖房しているという噂が当てはまるのは、その部屋しかなく、咎められれば土下座するつもりで、その部屋に忍びこんだわけだが、部屋に主はなく、額の中に書かれた三十度の由来を確認したところである。

「外に出て待ちましょうか」

と、うっすらかいた汗を、染屋は拭う。

「そうね。なんか暑いしね」

人の肌温と空気の、丁度真ん中程の室温は、赤ん坊を包むのには優しいが、二人には長くとどまっていられない。照れてしまうような、他人の肌に顔をうずめるような、こそばゆい気もする。

「どなたでしょうか?」

出かかった二人の前に、赤いパーマにズボンをはいた四十過ぎの女が立った。部屋の引き戸を開けた拍子に、向うは廊下寄りのドアを開けて入ってきたものだから、出かたに勢いがあったらば、ドンとはち合わせしてしまうところだ。女の鼻はワシ鼻で、鼻先はVの字に垂れ、眉と眉の間の皺もVの字になっているので、見ているだけで威嚇され、染屋たちは三十度の部屋に後退る。後退りながら、石女学会はこちらかとも聞けない。それは町内の冷かし名であろうし、のっけから、そうぶしつけに出れば、石女学会である理由も聞けなくなる。

「或る婦長さんを探しています。それで、こちらに居られる婦長さんが、その方ではないかと思いまして——」

と染屋は、部屋の白衣と額の婦長を重ねて嘘を練る。

「君枝さんのこと?」

とズボンをはいた女は、大根の葉がとびだす買物かごを、台所に運ぶ。

「こちらの婦長さんは君枝さんと言いますか……」

「あの額をごらんなさいよ。君枝さんがY・H大に居た頃のものよ」

「Y・H大!?」

「直後、彼女は直後と言ってたけど、こっちに移って来て、二年暮らしててね、今年の春、亡くなったのよ」

Vの字にみえる鼻の先は、さらに垂れるように、台所の下に座りこむと、油虫の這いそうな床の上に両手をつく。

「あなたは、それからこの部屋に?」

「うん。隣りに住んでて、ずいぶんお世話になったし、君枝さんも亡くなる前、部屋はこのままにしておきたいと言ってたもんだから、生前と同じにして、あたしが借りてんの」

「室温も程良いようですが?」

「君枝さんを頼っていろんな人が来るからね。見て、あのこけし、千羽鶴、あれ、みな君枝さんを頼った患者さんからもらったもんなのよ」

「室温三十度を今も保っているようですが?」

「誰がいつ来るか分らないしね」

「室温三十度のこの部屋にですか?　そのために三十度を保つ理由は何なんですか?」

「不妊症に悩む夫婦は百三十万組いるのよ。そのうち、体外受精による治療ができるのは四十万組なんですって。それでもできないのは九十万組。その九十万組はさらに熱心で、その九十万組から、いつ、どんな連絡が入るか分らないし、かけこんで訴えるのもいるし、亡くなる前にも君枝さんは、そのすがる女性たちが、いつも訪ねてくる度に、こうして三十度の部屋に通してあげたわ」

廊下に咳払いが聞こえてから、他人《ひと》の群がる気配が室内に届く。足踏む音や、ひしゃげた壁に寄りかかるきしみも聞こえ、染屋たちの相手をしていた女も急にそわそわしはじめた。ドアをノックしている。女は、座ったズボンの皺を伸ばしながら立ち上り、染屋たちにまだ居るかと聞く。

「ぼく、染屋と言います。S市のガラス屋の者ですが」

電報を打った石女学会に関わりあるならば、その告白で顔色変わるが、眉の間のVの皺もそのままで、「S市も新幹線だと二時間ですってねえ」と引き戸の方に歩き出す。ドアはさらにノックされ、「いますか、君枝さんとこの方?」と甲高い客の声がする。引き戸を開けかかって、女は、赤くちぢれた髪の下の眉を弱々しそうに曲げてこう言う。

「君枝さんはまだ生きてるつもりにしてね」

なんのために、どんな体面をそれで繕うのか分らないが、その哀願の目に染屋は頷いている。

「それから、まだいるなら、これを被って。けっして頭を出さないで」

押し入れから出した二枚の毛布を染屋たちに渡す。被りかけて、染屋は、なにが始まるのか聞こうと思ったが、開いたドアから中年の女性達が、ドッと室内に入ってきた。百々井と肩を寄せ合い、毛布のマントにうなだれていると、バッグを開ける音がして、札がすべり、小銭ががちゃつく。この入室には金がいるんだと、毛布の下で目くばせすると、払いを済ませた太目の女や、やせにずんぐり、その体を色とりどりの外着で装った中年女性が、勝手に押し入れを開け、毛布を摑む。その毛布を腰にくるませ、君枝婦長の言葉がある額に向かって、横になる。染屋たちの周囲に七、八人がひしめくと、押されて、太った女の尻に、染屋の頭が触れている。

部屋はフェリーの三等室に似てきた。室温三十度に十人程の人いきれが蒸れ、そこに毛布を被っているために、汗は首筋を伝って畳に落ちる。

彼らは石女学会の中に寝ていた。

僕はどんな妊娠を願うのだろうと染屋はもがく。百々井も苦しそうに唇かんだ。

それはまさしく蜂の巣に押し込まれた他種のさなぎであった。

身を寄せ合う女性たちは、その胎内に愛した男たちの精子を含み、三十度の室温にその変化を願っている者である。が、染屋と百々井だけが、卵子の到来と関係なく精子を貯蔵したままの物体としてそこに横たわっている。

異性の体温に寝返りながら、暑苦しい空気の中に、染屋はぼんやりと、ガラスの母胎が迫ってくることを願った。

「おのぼりさんがうろついてるって聞いたけど？」

と背後で、もう一人の男の声がした。

「おのぼりさん?」

と受けているのは、この部屋の女だ。

「S市からの。ここに入ったと管理人から聞いたよ」

「いえ、ここはお得意のお客様ばかりです」

そう女はとりなしてくれたが、染屋をかばったのではなく、横たわる婦人たちに気をつかったたけかもしれない。

「そう。ならいいけど。この折鶴ひとつもらってくね」

「あっ」と押しとめる声と同時に糸がぷつりと切れる音がした。

男が出て行った後も、染屋たちは毛布を被って痩せた腹に汗を溜めていた。トイレに立つ婦人と一緒にもっさりと身を起こし、四つん這いになって引き戸を抜けた。

「もうお帰り?」

と廊下まで追ってきた女の言葉は意地が悪い。汗の吹き出たままの顔で染屋は、お邪魔しましたと頭を下げる。

闖入《ちんにゅう》代を払おうと財布を摑むが、女はその手を押しとめる。

「それより、また来て」

と笑いかけてくる顔に、〈産まれ変って女になって悩んだら〉と複雑な顔をしてみせるしかない。

「ところで、さっきの男の人が、僕を見咎めていたようですが……」

と探りを入れるが、彼女はそれに答えはしなかった。

「じゃ」

答えを揉み消し、出した手を染屋も握ると、節々はごつく、毛もあった。それは男の手であった。

石女学会との糸は切れたと言ってもよい。そこには室温三十度を保つ木賃アパートの、羽目板の試験管はあるが、ガラスの試験管を怨む根拠の一点もない。

片方よりもでっぱって、赤く腫れてる片頬骨を、冷やしタオルで押しつける社長に、染屋は、体外受精に関わったY・H大の婦長とその空き家、そして室温三十度の空調代を稼ぐために、不妊の婦人から金をとっている女の暮らし、辺りから石女学会と呼ばれているが、石の女がいるわけでなく、太った女の腹や尻が、胎内の空洞化を嘆き悲しんでいるだけのすみずみを語って聞かせた。

「ところで、どうしたんですか、その頬っぺた?」

「お前が東京に向かった後、どうもあの電文は、石女学会をかたった別の嫌がらせじゃないかと思ってな。ほら二年前に、搬入でライバルとなった馬々山ガラス、あそこの会社にふらっとかまかけに行ったんだ」

女事務員がとりかえた氷入りのタオルを、社長は撲られた頰に当てる。馬々山ガラスの専務とはゴルフ仲間なので、遊びに寄った振りをみせ、社長は三通の電報を突きつけた。やんわりとほじくりだすのが普通だが、この社長は、疑いの浅い深いに関係なく、「やったろう?」とのっけから脅すのが癖で、当ることもあるが、おおかたは外れて敵をつくってしまう。ゴルフで負け続けているために、馬々山ガラスの専務へのかまは、これまた凄みがあって粘《ねち》っこかったらしく、鉄拳の嵐を喰らってしまった。

愚かな頰の腫れを見ながら、染屋はもうひとつ、自分が東京の石女学会に向かったことを知っている者がいたことを伝えようと思ったが、ウォークマンの耳詮を押し当てる社長を見て、その報告はしばし控えた。

『おのぼりさんなんてしゃべってたって、NHKじゃ、戦国時代のおのぼりさんのドラマやってるんだべさ』

事務所に戻って、臨時出張の伝票を整理すると、向いの女事務員が、折鶴を折っていた。窓の向うに見えた夕まぐれの空はあっという間に紫がかり、窓ガラスには事務所の明りが反射するばかりだ。時間は七時半を過ぎ、夜になってから蒸すような暑さが戻ってきた。これから夜は室温三十度に向かうのかもしれない。

退社した染屋は、一人住まいの社宅に帰らず、Y・H大に向かう。車のバンで搬入した道をそのままたどり、鍵のかかった鉄門をのりこえる。カナブンの羽音がひっきりなしに耳を過ぎ、額に当る何匹かもいる。四階建ての校舎にからまる蔦を棲みかとするものか、明りのつく三階の窓に向かって、当り落され、宙で反転して、染屋の立つ地表を盲飛びしている。

校舎のアーチを抜けようとすると、そこだけは冷んやりとして、染屋は汗ばんだ胸衿を広げる。過ぎる風が首筋からもぐりこむが、通気性のないシャツの中で、またむれる。アーチを抜けた医学部校舎の裏に通用口がある。試験管を入れた段ボールは、染屋の肩に担がれてそこから入った。

その通用口のドアを開けると、久し振りに嗅ぐホルマリンの匂いが、汗の体に染みてくる。あずきがはまったようにみえる石の階段を上って三階までくると、手首から垂れる汗が、その石段に落ちて、埃りの中に小さないがぐりの形をつくっている。

三階は廊下を境いに二つの棟があり、一つの棟は十二の部屋で割られている。明りのつく棟と反対側にある部屋々々は、主に医療機材などの倉庫にもなっていて、収納した試験管は、ひんぱんに使われるため、階段の上り口側にある。使用済みのガラス器具などは、その収納室の隣りに押し込められる。二年前は搬入の数が多く、出入りも自由許可に近かったので、会社では収納室と用済み室の合い鍵をつくった。社を出る時に持ってきたその鍵を、染屋は、用済みの部屋にさしこむ。ドアを開けると、ホルマリンにも浸けられない異物の、乾いた、粉になりかかる、死んだ昆虫の匂いにも似た、温度に関わりない、死んだ卵子と死んだ精子の、嗅いだこともない、あれこれと想像するだけの香りが、フワフワと薄暗い床の上に流れている。

染屋はどこか、死んだ農奴の戸籍を買いにきたチチコフに似ていた。

チチコフは、百円ライターをつけて室内を見回した。木台に傾いたガラスの頭が、その光を受けて〈死せる魂〉を迎えた。とまあこういう場景が百円ライターの炎の中で、錯乱さえも焙りだすのであった。

煮沸《しゃふつ》されなかった試験管が、ガラスの底に茶褐色の乾いた薬品をこびりつかせたまま、逆さまに突っ込まれ、その丸みのある尻が、上の棚から落ちかかった木台を辛うじて支えたりしている。穴のある木台に無雑作に横置きされたものは、フラスコの中に首を入れ、どうやって入ったものか黄まだらの蛾をその細い腹に収めている。こうして、スチール製の四段棚に用済みの試験管が、何千本も溢れ、くたびれたガラス体を連ねている中を、染屋は奥へと歩む。

B子さんを孕んだ一本を、その何千本の中からどうやって探そうというのか、熱くなったライターを一度消し、ふっと吹いて冷したりしている。

『毀される前に引き取ろう』

彼の願いはそれに尽き、そのために来たのだが、どう探すのかは考えず、向うから呼びかけてくれるかのように、また点けた百円ライターをかざすのだった。

「きみの探しているのはこれだよ」

棚の奥まで来た時、ライターの炎がかすかに届く入り口の方で、そんな声がかかった。揺れる炎に向かって、白衣をまとった男が、桃色のリボンを巻いた一本の試験管をさしだしている。

マスクをつけた顔は知り合いの医師ともみえず、ライターを近付けると、目は笑っている。

「あ、すみません」

染屋はさらに寄って、その試験管に手をさしのべる。それを取りに来て、差し出した者から受けとるこの無邪気な反応は、可笑しくはないのだが、事を構えそうな男にとってはやはり神経が一本切れている。

「きみは当事者ではないではないか」

リボンを結んだ試験管を遠ざけ、男はそう言う。

「この失敗した例証に、ガラス屋など当事者であるわけもないのに、きみはなぜ当事者であるかのように口を出し、姿さえ現わすのだ？」

その声は石女学会で毛布にくるまっていた時に、背後で聞いた男の声である。

「僕は試験管を搬入した当事者です」

「そんなものは当事者に当るのか？」

当事者の範囲が分らなくなり、ぼんやりとした頭の中でＧＮＰのことを染屋は考えたりしていた。国民総生産の発表がある度に、その当事者である我が身を疑う染屋だが、そのＧＮＰの結果に参与した自分よりも、体外受精に参加した自分の方が、より当事者らしいと思うのだ。

「当事者にさせて下さい」

「これは器具だよ。母体ではないのだよ。このガラスが十ヶ月の時間を耐え忍んだわけでなく、まして、ガラスが妊婦のように腹をふくらましたわけではない。そのようにじゃれた想念をふくらます者もいるが、それこそが、B子さんの母であるA子さんを苦しめたものなんだ。きみの脳は、そのようにしてA子さんを苦しめているんだ。それがどうして当事者になれる！」

そう力説する男の手の中で、試験管の首に巻いたリボンが揺れる。当事者というものは男の側にあり、試験管も、染屋を離れて当事者の手でかわいらしく飾られている。

「きみに緘口令を敷くつもりでいたが、どうも聞きわけのないそのようすでは無理のようでもあり、わたしは、今夜、これに緘口令を敷き、きみの反応、きみの出方を見ることにとどめようと思う」

白衣の前を、リボンが真っすぐ落ちる。キラめくガラスは床に落ち、ガラスの胎を砕いて散った。

試験管への緘口令はこうして敷かれ、毀されると伝えたガラスの胎を、染屋は守る術もなかった。ガラスの破片を拾い上げる染屋の前に、医師は「このシックを如何せん」と言いながら、折鶴をひとつ置く。折鶴は石女学会で、医師が、天井から吊り下がったのを一つ千切ったものである。

「いかにも子供を孕めないニンゲンのオンナ側からの、怒りの抗議文のような電報を打ったのは何故ですかっ。大学側の走狗と見なして、ウマズメ学会の名を借りたのは何故ですかっ。あなたは大学側ではないですかっ。僕を懲らしめるそのあなた側はなんですかっ」

「倫理的なトラブルは、石女とガラス屋でいつまでも繰り返してほしいのです。その方がこちらとしてはやり易く、静かな研究時間を守れますから」

「そのこちらというのは何ですか！」

「それは当事者ですよ」

医師は白衣をひるがえし、背を向け、〈当事者〉の空気を持ち去る。折鶴を置いた所には、当事者になれない染屋と毀れた試験管が転がっている。割れたガラスの胎をつかむと、使われた日付けが、かすれながら残っている。マジックの細字で書き流されたそれは、染屋の記憶と照合してみても、なんとなくズレている。当時は昭和五十八年であり、日付は一月十四日となっていて、出産日の十月十四日から九ヶ月前のものだ。が、ガラス屋に届いた手紙の着床日を重んじるならば、新聞に「日本で初めて体外受精卵の着床に成功」と出て、社内も沸きたったその日は確か昭和五十八年の三月十四日であった。未熟児として産まれたその子供は、その三月十四日から七ヶ月しか母親の胎内に入っていなかった筈である。

着床成功瞬間の、ガラスの胎が活躍した日付はその三月に限られ、三月十四日に使われた何本かの一本となる。とすると、医師がリボンを結んだ一月十四日のものは、単に染屋を懲らしめるために抜いた関係のない一本でしかない。

染屋は試験管の列ぶ棚に戻って、昭和五十八年のサインがあるものを漁りだす。試験管の林に首を突っこみ、その年の一月分のものを除け、二月分のを払う。百円ライターの炎で三月の数字を見つけた時には「無事か」と叫んでいた。三月十四日のサインがあるものは十本近くもあった。それを引き抜き、ゆるめたバンドの間にさしはさむ。三月十四日迄のも、なにやら親戚のような気がして、三十数本、ポケットにねじこみ、両手に摑んだ。

カナブンの飛ぶ医大の中庭を走りながら、染屋は、去ってきた三階を振り返る。引き取らなかった何千本、彼の手に摑まれずに今も暗がりに放置されているそれらもまた、ガラスの石女に思える。

「お前たちをカタに銀行から金が借りられたらなあ」

カナブンの唸る音に混じって、チチコフはそんなことを呟いたりする。染屋が、もっと走ると、バンドにたばさんだガラスの胎は、腹皮に密着して、赤い筋をつくる。そして、染屋の下腹は冷えてきた。

馬小屋

九月一日が恐かった。なぜなら夏休み日記帖を出さなければならないからだ。

その日は、八月の終り、小学校四年の時だった。日記帖の空白を見ながら、どうしても引き戻されてしまうのは、福島県に疎開していた頃、昭和十九年、二十年の夏が、まざまざと展《ひら》けてくるからかもしれない。

叔父の一家は、富岡町に移り、私達五人一家は、そこから一キロ程離れた大野村という所に住んだ。

三棟の農家に家を借り、三年居た。

家の五メートル程離れた所には、馬小屋があり、そこに二頭の農耕馬が居た。サラブレッドとは違い、筋肉隆々たる四百キロもある凄い馬だ。

が、夜中に寝ようとすると、必ず、ブルブルと鼻を震わし、体を何かにぶつける。

私は布団から抜け出し、馬小屋の中を見に行った。

夜の夜中に、二頭とも立ったままだ。

馬に話しかけるなんてことは、まったく非常識なことだが、「おいおい、君らも寝てくれよ」と言ってしまった。

すると、「こうですか」とドウと横倒れ、その跪《ひざまず》かれたら死にそうな四本足を、空中にもがいてみせた。

一頭が、「こうもしましたよ。あなたは、私に何か頼み事があるんじゃないですか」と言う。確かにあった。それは、大野の夜の森の中で、蝶々が何をしているのかを見たかったのだ。

「じゃ、私の背にお乗りなさい。森の奥まで行きましょう」

親切だった。もう一頭も、「行っといで。夜は恐いから、そういう謎を解くのもいいだろう」なんて言ってくれる。

そこで、自信はないが、裸馬の背に飛び乗って、夜光虫が舞う森の奥に向かうと、私が最も見たかった揚羽蝶が一羽、目の前を掠《かす》めた。

「あ、あれ、この夜の中を、なんで、飛ぶのでしょうか。どこかにいる雌の一羽を探しているのかな」

「いや、違います。黒揚羽に追われているんです」

それを見たことがないが、羽の黒い夜の女王だ。

「さあ、どうしましょうか」

と私は言った。

「助けてあげなさい」

と、その農耕馬は言う。

「どうやって？」

「アゲハを追ってきたら、あなたが、あの黒アゲハの羽に噛みつけばいいんです」

その通りに、今、目の前を追っている。追われている。

「ニャロオ、俺の前で、そんなチャンバラやるんじゃねぇ」

そう叫んで私は、夜の羽に飛びかかった。が、歯はガチガチ鳴るだけだった。

私を乗せた愛馬は、クスクス笑った。

「あなたは、夏の日記帖の中で、そうして、ペンを震っているんです」

そうして、私の夢から逃れるように、馬はオイラを抱きつかせて、素速《すばし》こく馬小屋に向かった。

……夏休み日記帖に、このウツロイ、淡夢を書こうとしたが、あの福島の大野村が、遠くに去った。

私は、九月一日の中からずっと、馬鹿な学生となり、何の目的もなく、深夜アルバイトでヘトヘトになって酒ばかりを飲んだ。

只、今でもアパートで寝ていると、あの大野村の馬小屋がすぐ横にあり、ブルルッと鼻震わせる音がして、そこを覗きに行きたくなる。

その馬がこうも言っているような気がする。

「九月一日から今は、埃っぽくて、落し穴に落ちた群衆たちがアガイタ何十年だったじゃないですか。それより、私の背に乗って、あの森の、黒揚羽を噛みつきに行きましょうよ」

随筆

わが街わが友　不忍池

下谷万年町という町名が、東上野に替ってしまったのは、東京オリンピック以後だが、その万年町に、ぼくは二十一歳まで住んでいた。八軒長屋の角で、一階の畳が十畳に満たないところから計算すると、我が家の土地坪は、便所、玄関を入れても、六坪ぐらいではなかったか。昭和三十年頃に、叔父一家と、さすらいの叔母と、もう一人、家のない親戚が、二階に共同生活を始めたので、その家には、十四人が住んでたことになる。

クーラーなどのない時だから、暑く、寝苦しい夏の夜などは、二階の物干し台と、外の縁台で、何人かが濡れた手拭いを、裸の肩にびっちゃり張りつけて、寝そべっていたのを覚えている。

たまに涼しい風が吹くと、その風はどこから吹き渡ってくるのかと首あげた。その見上げる方角は、見渡せるわけではないのだが、かならず上野不忍池の方向だった。

万年町と不忍池を後にした二十一歳から五年後、ぼくは、画家の金子國義氏の紹介で、人形作家の四谷シモンにあった。

その時、彼が、不忍池に近いアパートで、何年か住んでいたということを聞き、思わず握手をしてしまった。

「美しいものは、どこか涼しい」とシモンは言う。それも不忍池の風に由来あり。

二月、種村季弘氏の泉鏡花賞受賞パーティーに於いて、シモンと会い、帰りに不忍池前にある飲み屋に入った。冷酒を持って、冬の不忍池に降る雨音を聞いていると、肴に、冷やっこが出てきた。冬のさなかに、涼しいものを求めるわけにもいかない。余興に、ぼくらは、冷やっこの、豆腐の角に額をぶつけてみた。

わが街わが友　高円寺

ＪＲ高円寺の駅前マーケットは、青空市場の観があり、夕立ちが来ると、店々は、あわてて折りこんであったビニールの天蓋を伸ばす。その雨除けは、隣の店のものと、二重に重なり、二段の庇《ひさし》を抜けて雨が吹き出る。

三十代前半に、ぼくは高円寺に住んでいた。それから、十五年経って、また高円寺に戻ってきてしまったのは、駅前マーケットの繁雑さに、身をすり寄せたくなったせいだろう。その高円寺の高架橋の下は、古本、家具などの倉庫が多く、中野寄りの倉庫の一つは、劇団新宿梁山泊の稽古場だった。座長の金守珍とは、長い付き合いであり、ガード下倉庫の稽古場で演じられる試演会などを、何度か観に行った。上演中に、頭上を走る中央線の轟音が、低く響いて、それも、演じている芝居の一つの効果となった。

観終わって、そこでまた酒を酌み交わすと、電車の音で酔いも震える。

劇場の構造は、演劇を変えるどころか、観に来たヒトと、さらに酒を持ったヒトを改造してしまう。そんな劇場を料理した新宿梁山泊も、秋に、東中野の墓地の中にあるマンションの地下へ引っ越してしまった。そして、演劇に去られたガード下の倉庫には、今年から、古本ばかりが、ごっそりと移動してきた。

暑かったこの夏、ぼくは、自転車で高円寺と阿佐ヶ谷の間にある、高架線沿いのプールに何度も通った。帰り道を自転車ですっとばしながら、ふと劇場だった倉庫を思い出し、中野寄りのガード下までペダルをこいだ。その空洞のシャッターは開けられ、奥まで満杯の古本が積んである。真上から、中央線特快の走り抜ける音が響くと、山積みの本が、いっせいに震えて頁をめくって見せた。

わが街わが友　神津島

震度五弱の衝撃が、どのようなものか、まだ体感したことはない。夏、伊豆七島一帯を襲った噴火、地震のニュースが伝わるごとに、ブラウン管に映しだされる地名と震度数に、ぼくは見入った。

「父ちゃん、中千代は大丈夫かね」

川崎に住んでいる大鶴義丹からも電話があった。

中千代というのは、東京都神津島の釣り宿の名だった。磯釣りで渡船する度に泊まるなじみの宿で、もう二十二年も常用している。

まだ、ほんのビギナーだった頃のことだが、九歳の義丹と二人で、フェリーの着いた港でぼんやりしていると、中千代の若主人であった武一さんが、「うちに泊まりませんか」と声をかけてくれた。宿で茶を一杯すすってから、武一さんは、錆びた軽トラを運転して、さっそく地磯の長崎という場所に、ぼくらを案内してくれた。

車を停めた道から林に入って、五分程歩くと断崖の絶壁に立った。海鳴りは眼下に轟いているが、見下ろすと高さは百メートルを越す。

それが磯釣りというものの初日だった。夕方にまた這い上がってくる時は、釣った魚の重さも加わり倍の時間が掛かり、宿についた時にはももが腫れ、階段一段登れなかった。

八月に、何度も神津島を襲った地震のニュースを見るたびに、あの踏み下りた長崎の岩はどうなったか気になった。

東京の村、神津島。離れていても、夜にハッととび起きる。凄い唸りの夜風に耳をすます。釣りになるかな、海はどれほど荒れるのかなと思いつつ、風鳴りがとても気になる。そしてあの落ちそうな岩も。

わが街わが友　阿佐ヶ谷　一

釣堀屋が池を埋めるという噂を聞いた時、魚はどこに預けるのか気になった。ＪＲ阿佐ヶ谷駅の南口から歩いて、三分もかからない所に、もう何十年も釣堀屋をやっているその場所があるのだが、立つと、もう池はなかった。埋められたばかりの、ぬかるむ土を前に、パワーシャベルのアームが旋回していた。東京にしては広い空間であり、そこにはいずれビルが立つのだろうが、空地のままであって欲しくもある。

そうすれば、僕の劇団のテントを建てることができるからだ。放ったらかしにされた地面を見ると、いつもそのことを考える。これは一種の職業病であり、その目配りの速さは、そこらの不動産屋にも負けない。が、不動産屋と違うところは、損得計算が僕には出来ないということに尽きる。

評価が分らない。一坪というものがどれくらいの面積かも分らず、この間、畳二枚ということを知ったばかりだ。では、坪数に頓着しないような広大な屋敷に住んでいたのかというと、思い出すのは、三畳とか四畳半の懐かしいアパートばかりである。

埋めたてているその釣堀池を見回し、プレハブの事務所でもあれば、将来のことを考えて一度交渉でもしておこうと思った。将来というのは、なにかの事情があって、そこが野ざらしの空地になっていて、僕の劇団のテントが青空に向かってニュウと建つ姿のことである。が、プレハブどころか張り紙もない。パワーシャベルをぶん回している運転手に聞くしかなく、頭を下げてゆっくり近づくと、エンジン音で何を喚《わめ》いているか分らないが、「出ろ」という唇の動きが読めた。背を向け戻りかけると、靴がぬかるみにめりこみ、抜くと、鮒《ふな》が一匹、靴の上に乗っていた。

わが街わが友　阿佐ヶ谷　二

駅近くの釣堀屋の前に、カタカナで書かれた看板の何をやっているか分らない店があって、その真上にのしかかる二階には、小さなスタンド・バーが三軒ある。

そのバーの一つに〈ランボオ〉というのがあり、フランスの詩人の名を取って付けたのは分るのだが、その店のマスターが詩人崩れであったわけでなく、何度か入ったが、そのマスターから〈詩〉に関わる話は聞いたことがなかった。

壁には、絶壁の雪山を撮った写真が飾ってあって、切りたった崖の、そこだけ雪を覆っていない裂けめのくぼみが、小さな人の影に見えたから、ある夜、「ここにしがみついているのはマスターですか」と冗談まじりに聞いてみた。顎ひげのマスターは静かに笑い、「わたしは、そこにいません。カメラを向けただけです」と言って、作りかかったドライ・マティーニにレモンを絞った。

それから半年も経たない冬に、マスターが山で遭難したという知らせが入った。遭難という言葉がすぐに死というものとつながらず、救出されて、何日か病院で過ごした後に、また店に戻ってマティーニを作るだろうと安閑《あんかん》にかまえていたが、届いたものは、通夜を知らせる手紙だった。その店が好きだった人たちの計らいで、看板はそのまま、店を続けるという話も伝わってきた。四十九日を過ぎた頃、その店を訪ねると、一人の女性がマスターの代わりを務めており、壁にかかった雪山の写真はそのままだった。飲みすぎて、何度か写真を振り返ると、染みのようなくぼみの影は、這いつくばったマスターにみえる。立って、外の廊下のトイレに入ると、下から地響きのような音が始まった。何をしているのか分らない階下の空間は、夜のフラメンコ教室だった。

わが街わが友　阿佐ヶ谷　三

ドラキュラを退治するために、一人の壮年金田一耕助が、錆びた天井の梁《はり》を渡っていく。細身の体で、目はギョロつき、背には抜けたカラスの羽のような、短いマントをつけて……。

これが阿佐ヶ谷バレエアートの小屋で見た「子供とともにドラキュラの秘密を探す会」の、バレエ団団長の姿だった。バレエの発表会にしては、なんとも演劇的な手法を盛りこんだもので、金田一耕助にみえる団長の羽織った小マントも、黒の裏地が赤であり、演じる団長自身が、ドラキュラの一味のようにもみえた。

ここの団長は、ホシさんと言い、若き日に放浪と酷労を積み重ね、踊りの世界に入るか青空に吸い込まれて終るか、悩みながら笑い、笑いながら悩むのを辞め、遂にその踊りの世界に頭からとびこんだ。

そのカマボコ型の小屋は、駅のホームからも見える。ガランとした空間の天井は高く、壁沿

いの梁を金田一団長が渡ると、先《ま》ず、ニンニクを下にばらまいた。客席には、そこに通ってい
る僕の娘の美仁音と、今年小学校に入ったばかりの佐助もいて、飛んだニンニクを他の子たち
と取り合った。ドラキュラを踊っていたのは、今売れっ子のプロダンサーであるタカギシさん
で、身長が百九十五センチを越える巨人であり、格闘技K-1からも誘いがある。この巨人ド
ラキュラが踊り回ると、客席の子供たちは立って後退りしはじめた。ばかりか、金田一がニン
ニクを差し出すと食べてしまう。胸に木の十字架を打ち込もうとすると、それもへし折る。ホ
シ団長も、いいてをやき、客の子供たちも入口まで後退る。けっきょくドラキュラの秘密は分らず、
金田一は、ギョロ目で睨みつけるだけだった。

わが街わが友　阿佐ヶ谷　四

もつの煮込みに、やたら詳しい男がいる。それが友人ホリキリ君だが、東京のやきとり屋の中で、どこの店が煮込みのうまさ十指に入るか、数え上げられる。

そういう物は、順を追って食べるものではない。一皿でいいから、先ず一番うまい店に連れて行ってほしいと頼むと、JR阿佐ヶ谷の北口から河北病院への道を、僕を連れて何度も往きつ戻りつするのだった。

「あれ、失《な》くなっている」というのが、その理由だった。

一番うまいものが、湯気をあげて夕空に消えてしまった。食べたこともない僕が残念と思うのだから、ホリキリ君の口惜しさは尋常のものではない。唇は蒼く、腹の虫がグゥとなるのが聞こえた。

ホリキリ君は美食家ではないが、豊かな粗食家である。料理の皿に髪の毛一本が混じっていても、そういうことをなじる客を最も嫌う。黙って毛一本をよけ、おいしく舌鼓をうつ。文芸評論家でもあるホリキリ君は、かつて作家大岡昇平氏の作品について、煌《きらめ》く論を展開したことがあった。その時、大岡氏より手紙が届き、成城の高級中華料理店に招待された。「ここの店、うまかったでしょ」と大岡氏に言われると、ホリキリ君は何も言わず、お返しに、大岡氏を伴いラーメン屋に入って行った。

文学にうるさく食にもうるさい。

そのホリキリ君が、あるわけのないやきとり屋の前を、何度も往復するので、僕は彼の前に立ちふさがった。

「あきらめよう。その煮込みはどんなにうまかったか、言葉だけで言ってくれ」

「それは悪魔のゲロのよう」と言い、目が引き吊っていた。

わが街わが友　吉祥寺

風が強いと、今日はそいつがどうやって首を羽の中にうづめているのかと思う。

そこは吉祥寺井之頭動物園だが、ある日、中央売店の裏側を歩いていると、檻の中の眼にあった。

猛禽類のイヌワシだった。イヌワシを間近に見るのは、それが二度目である。一度目は、JR阿佐ヶ谷駅近くのペット屋であり、蛇やトカゲの類ならまだしも、街中のそんな所にイヌワシを置いているのに驚いた。

羽を広げると、一メートル半を越すと、店員は言ったが、その一羽を入れている金網の檻は一メートル四方しかなかった。その狭さに同情してしまい、阿佐ヶ谷のアパートに住んでいる劇団の新人と共に、そこに来るとこう言った。

「この一羽、劇団で買うから、きみのアパートに住まわせてやってくれないか」

「ぼくはどうするんですか」

「共棲できなかったら、きみが劇団事務所に寝泊まりしてさ」

もう十五年も前の話だが、その共棲は成立しなかった。ペット屋も今はない。

ワシが何年生きるのか僕は知らないが、井之頭動物園のその一羽を見た時、十五年前のあいつと似ているような気がした。枝にとまる姿は、鶏より大きく、嘴《くちばし》は薄い黄色で、爪は黒く鋭い。やっていけなくなったペット屋が、ここに預けて、それから十何年も生きてきたのではないか……。勝手にそう思い込み、飼えなかった代わりに、せめて、その羽を一本もらって帰りたいとも思った。飼育係の人にねだろうと探すが、どこにいるのか分からない。何日も通って、風の強い瞬間、銀鼠色と白の混ざった一本が、抜けて檻のすき間に引っかかるのを待っている。

わが街わが友　八丈小島

無人島八丈小島に渡り、廃墟になった小学校の机の前に、劇団のわが友・クボイと共に、しばらく座っていた。

八丈本島との間は三キロ程だが、海が凪の状態だったので運良く上陸できたのだが、野生化した山羊たちの糞が、朽ちた湾口から、屋根の落ちた小学校の中まで散乱していた。

その小島から人々が、本島に移ったのは、昭和四十年代の中頃というから、すでに三十年の歳月が経ったことになる。

僕が八丈小島に興味を抱いたのは、武田泰淳氏の小説「流人島にて」を読んだ時だった。その小説の舞台が小島であり、住民は畑を耕し、嵐の夜、ひそかに島を抜け出そうとする人物が、大波を喰らったらばひとたまりもない小舟を、岩礁の間から引き出す場面もあった。

偶然にも去年の春に、劇団に入団した十九歳の、女優志願の女の子が八丈島出身であり、武田泰淳の描いた小島の風景について、いろいろと聞いてみた。無人の島になっているのを知ったのはその時であり、高校時代の彼女は、よく小舟でその島に渡って、鮫《さめ》のいる海に飛び込んだという。

そして此の度、八丈小島に渡ったわけは、テレビの撮影のためだった。それも釣り番組である。隊《クルー》の搬送は、八丈島出身の彼女の実家でもあるアカマツ交通に依頼し、本島で二日こなし、終わりの一日は小島を狙った。

釣り人は僕だが、小島に渡っても坊主だった。今思えば釣る気よりも小島に上陸してみたかったのだろう。そのために釣り番組を利用したようなところがある。が、ディレクターも社会派の釣り番組にしたいと燃えてきて、廃校の中へ共に入った。壁に朱筆の別れの言葉が躍っていた。

「ここは次の新世代に任す」と。そして僕はクボイと共に泣いていた。

わが街わが友　新宿花園神社

新宿で夕立ちに会ったならば、地下道に入るかデパートにとびこむしかないのだが、少し濡れても軒下沿いに歩いて、花園神社の銀杏《いちょう》の大樹の下に逃げるのがよろしかろう。

夕方から赤い燈籠《とうろう》に明りがついて、そこに煙る夕立ちは、とても幻想的である。ハタと夕立ちがやむと、煙る気体は渦を巻いていて、燈籠の間を狐の嫁入りが通る。が、よく見ると、それは、お稲荷さんの石の狐だった。先日、宮司の片山さんから電話が入って、〈新宿達人バトル〉をやるので、そこに参加してくれと言われた。達人とバトル（闘い）とくれば、組み合い投げ合うことになる。知らない人と取っ組あえませんと言うと、新宿を舞台にして、それなりにがんばってきた者のスピーチを聞いて、それなりに討論するということだった。

「きみの場合は、赤テントが花園神社に至る迄という主旨はどうですか」

たしかに僕のテント公演は、花園神社がこけらおとしだったが、それまでは、ションベン横丁をうろつき、ゴールデン街で飲みつぶれ、達人としての萌芽はどこにもない。が、西口の思い出横丁（旧ションベン横丁）が焼け、復興に力を入れているさなかでもあったので、〈ションベン横丁にあった鯨かつ屋の貴公子マスター〉と題目を決め、そのマスターを芝居の登場人物のように思い、通いつづけた日々のことを話すことにした。

話す場所は、土とか地面の匂いのまったくない立派なホテルの一室だった。集まった新宿達人の方々は三十人ほどで、中でも片山さんの目は厳しい。「遠ざかりし青春の、あのションベン……」と言ったとたんにアガってしまった。しどろもどろで、なにげなく窓を見たらば、夕陽が射しているのに、空からションベンのような雨が降り、窓に流れた。

紫の煙

磯で一服

　年に二度ぐらい磯釣りに行くが、合羽《かっぱ》やジャンパーに入れた煙草は、つぶれかかって、取り出した一本も、それを摘《つま》む指もくの字になっている。断崖を下りる時に、岩でつぶしかかってしまったわけだが、これに、磯の波がかかると、火もつかず、波を避けても、風に震えて、三服か四服で消してしまう。が、煙草がないとやっていけない。魚のかかった日でも、かからない坊主の日でも、時折り、思い詰めた気を抜くために、魚影をさぐりながらプカリとやる。

　誰もいない絶海の孤島で、風に散る紫の煙だけが、友である。それも一本吸ってから間をおく。崖っぷちに立っているので、たて続けに吹かすと目が回る。磯靴は重く、落ちたら、荒波の中で脱ぐのは難しい。何度か、続けて吸ってぐらありときたことがあるから、それだけは要注意にしている。ゆっくり吸いながら、雲の動きや、磯下のさらし（白く泡たつ澱み）を見下ろし、餌とりが小馬鹿にしたように泳ぎ回るのを観察しながら、作戦を考える。たまに、大きな魚の影が横切るのをみると、煙草を消す間もなく、崖伝いを走り回る。くわえた煙草は短くなって、いぶい煙に目も痛くなるが、フィルターが唇に張りついて離れない。払った拍子に、火の先をこすってしまい、ウワァと大声を出している。

置きざりになったかっこうの磯で、一人だけ、魚を追い、煙草だけを相手にしている僕は、こうして素頓狂《すっとんきょう》な声を出し、ふしぎにも、にぎやかなのに、自分でもびっくりしてしまう。ふと、こう思うことがある。僕は煙草を吸っているのではない。のろしをあげているのだと。

映画館の哲学者

ひなびた映画館の典型というものが名古屋にあって、そこでは観客が映画を観ながら煙草を吸っている。

今どき、よくこういう映画館が続くものだ。千二百円で三本立てだから、さぼったサラリーマンが席にうずくまると、昼から夕方まで隠れていられる。上映されているものは、だいたいが、一九六〇年代の東映ヤクザ映画で、スクリーンには雨がふっている。そんな映画がまだ息づいていた頃には、廊下に売店があって、都《みやこ》コンブなどというものを売っていたが、さびれてから売店はなくなった。

客の入りは、六、七割で、満員という日はないのだが、ウィークデイに、その率を維持しているのだから、たいしたもので、これはひなびた映画館とは呼べないかもしれない。さびれたのは外観と椅子と、スクリーンの雨だけである。壁には〈禁煙〉の看板がはまっている。罰金の字もみえる。が、場内が暗くなると、あちこちで百円ライターをこする音がして、次第に煙が映写の光の中にたちのぼる。煙《けむ》いよという声もないので、ここの映画館だけは特例のような気がしてきて、大部分の客が煙草を吹かす。まるで、禁酒法時代のアメリカの潜り酒場のようなにぎやかさだ。三〇年代のそんな酒場を映画で観たことがあるが、ドアを開けると、その酒場は煙でもうもうとしていた。それを僕らはシャレているとさえ思ったものだ。辺りをうかがって、僕も一服やっていた。一吹きするごとに罪悪感を感じる。休憩時間になると、さすがに消して天井を見上げ、ぼんやりと五分待つ。すると掃除のおじさんが、席を縫って歩き、吸い殻を掃き集めていた。黙々としたその作業に誰もがすまないと思いながら、その横顔を見つめていると、おじさんは、寛容と哲学的な悩みを秘めてニヤリと笑った。

路地のホタル

ニコチンは脳の化学物質とどう関わるのだろうか。

小説やシナリオを書く仕事は、朝の早いうちにやるので、僕は時折、家の前の路地に立って、朝一番の煙草を吹かす。一服で、もつれた糸のようになっていた物語のどん詰まりが、さらさらと解け、思ってもいなかった展開がみえてきたりすることもある。

急いで家に入って、それを書き留めようとするが、足がもつれて、体も傾き、壁にしがみついたりする。

めまいで体が自分のものではなくなっている。そのうちに、新展開の着想もどこかへ逃げていく。ひらめくのは、ほんの〇・三秒のつかの間である。

こんなふうに、煙草の力を借りるようになったのは、二十代前半からだったか。これではニコチンを上手に応用している者といえるのか判断つかない。また、なにかがひらめくのは毎度のことでなく、十日に一度ぐらいしかない。

ついこの間、朝でなく深夜に、路地に立って一服やった。締切が迫っていたので、その日ばかりは夜も仕事をしなければならなかったのだ。仕事は壁にぶつかり、一服やっても、その夜はなにもひらめくものはなかった。夜空に星はなく、僕は、フラフラしながら、もう一本、二本と煙草を吸った。めまいばかりが襲ってきて座りこみ、さらにもう一本とやっているうちに、僕の路地での恰好は、誰かを待ち伏せている怪しい者にも見えてきた。その路地を通ってアパートに帰る女性は、ヒヤッと言ってとびのいた。変な中年が四つん這いになって煙草を吸っているからである。それから町内に、妙なホタルが路地にいるという噂が流れた。

セルロイドのケース

そのキャラクターには、「憩《いこい》」という煙草が最も似合っているように思えた。

その映画の中に出てくる迷探偵は、異国の台湾をさまよいながら、誰もがサジを投げた事件を追いつづけ、壁にぶつかると、憩をプカリと吸うのである。

去年の晩秋、台湾でロケーションしたその映画の迷探偵は、僕が演じた。

白いワイシャツの胸ポケットには、セルロイドケースに入った憩がつっこんである。小道具係の人が、うっかりすると潰れてしまう憩の箱をかばって、セルロイドのケースに入れてきたのには感動した。昔のオヤジたちは、よくそんなケースに「新生」や「光」を入れていたものだ。年季も入って、そのケースは黄ばんでいた。内箱に憩はぴったし入り、蓋箱をかぶせると、憩という字は微かに透ける。台北から台南と暑い地域へ南下しながら、服ごと海にとびこむ場面で、僕はポケットに憩があることを忘れていた。海中を抜け、磯にかじりつくシーンで、突然、目の前に、胸ポケットから出たセルロイドケースが、プカプカ浮いた。

「あ、憩」

とわしづかみ、磯に這い上ると、そんなセリフはないとNGになった。恐る恐る蓋箱を抜くと、海水の一滴も浸入していない。

こうして一カ月半も、憩とともに仕事をしていくうちに、ケースの色は、さらに黄ばみ、迷探偵にとってはなくてはならないものとして、なじんできた。が、十二月の最後の場面に於て、淡水江という川辺で一服した後に、そのケースはなくなった。衣裳をバスで着替えた時に、どこかへ落したとも思えるが、探し回っても出てこなかった。思い出すのは、あのセルロイドケースから、一本とり出す僕の震える指先と、立ちのぼる煙ばかりだ。

昔の水

プロレスラーの力道山とメキシコの巨象と呼ばれたオルテガが闘ったのは、昭和三十年頃だろうか。その決戦地が、大阪扇町公園の野外プールに造った特設リングと聞いて、丁度、工事中だったそのプールを囲む銀板のフェンスの前で、しばらく立ち止まっていた。

二年前の四月のことである。長い工事だったが、今年の四月に、また扇町公園を訪ねると、野外プールがあったと思われる所は、芝生の丘になっていて、公園の東側に野外と室内のプールを兼ね備えた大プール館が出来上がっていた。

そのゴージャスなプール場から三十メートル程離れた所に、僕の劇団の紅テントは建った。位置は、昔の野外プールがあった所の方に近い。しかも、今度の舞台には、水槽満々の水が出てきて、そこに二人の役者が入ったり沈んだりする。水をもらう場所を公園課の人に聞くと、テントの後ろにある公衆便所の蛇口を指さした。そちらの方向は、さらに昔の野外プールに近いというよりも、プールの中ということになる。使う水の量は、蛇口から汲み取るのに二十分はかかる。

昔のプールなどはもう無いのだが、そこで二十分も水をもらうとなると、なにやら、埋め立てられた地の底から、昔の水を吸いだしているような気になるではないか。水は地下水や記憶から染みだしてくるものではなく、水道管を巡ってくるものだと思いながらも、強敵オルテガと力道山が、ふと闘いをやめて、水を盗むこちらを見ている。

五十秒の変身

「泥人魚」の舞台では、泥水を溜めた水槽が出てきて、その中に入って、沈んだが、じっと息を止めている時、急に母方の昔の名前を思いだした。それは「タグチ（田口）」と言う。その先々代は、きっと田んぼのある所を、いそいそと往き来していたのだろう。

そこで、泥水の中に潜るのが、さほど嫌ではない理由《わけ》をみつけた。田《た》の口《くち》の中をずっと入っていくと、泥水があって、そこにタニシ（田主）という貝がある。

私は、その大昔、そこの泥水中のタニシであった……と思うことにした。

タニシのどこに目があるか分からないが、水槽の中の私は、泥水をかき分け、目を開けて、透明アクリル板の壁に近づいた。水槽の四面はアクリル板であり、照明の光が斜めに射してくる側は客席に向かっている。その側のアクリル板に頬を押しつけ、開いた目を近づければ、客の顔々が見られるかもしれない。つまり、私は、タニシとして、舞台側から客席を見ようとしたのだ。

が、見開けるほどに、目ん玉に泥中の砂粒がささってくる。「イタ」ともがいて口を開けると、泥は口に入り、鼻に抜けようとする。浮上することはできず、また苦しいところを見せてはならない。なにしろ、潜った泥水槽の周辺では、芝居が進行しており、そこはもう私の出番、出る幕すじのものではない。私の出る筋合いは、潜る所で終っており、会話は別の話題へと移っている。

次に出るのは五十秒後、「お、あいつを忘れていた」と言って、アクリルの横板を叩かれて、やっと飛び出せるのだ。

タニシとしての再生と開眼は、その五十秒内のことであり、その時間内に於いて、〈タニシであった私〉に会って来なければならない。タニシと私は、会って何ごとかの会話に花咲かせ、そして五十秒来ましたからとお別れしてくる。そして、花咲きし会話をお土産にしようとしていたのである。ばかりか、その土産話を、芝居が終った後、劇団の座員に伝えようとも思っていた。

五十秒過ぎて合図が来た。とび出して、話は別の流れにくねって離れる。このようにして、タニシはどこかへ行ってしまった。タニシの人生を務めてみようとした私さえ、思い出すことを避けた。銭湯に行く前、もう一度水槽を振り返ると、人が入っていない分、水量は低くなり、アクリルの横板に、推しつけた私の顔のドーラン（塗り化粧材）がこびりついていた。

唾おじさん

若さの秘密は唾《つばき》の中にある。と思わないわけではないが、他人の唾と接触するチャンスは、好きな人とキッスをする時しかなく、それだとて若さを噛みしめるために、キッスをして、唾をペロペロ吸うためにやるわけではない。そこでふと思う。キッスは、なんのためにやるのだろう。

止まれ、キッス論を述べるために、こう書きだしたわけではない。小学二年になったばかりの息子が、〈唾おじさん〉の話をしたことから、唾にこだわる人のことを想像してしまい、今も決着がついていない。息子の話によると、その〈唾おじさん〉は、学校の放課後に、下校途中の子供に近寄り、「君の唾をいただけませんか」と語りかけてくるらしい。校長先生も、そういうおじさんがいるので注意しなさいと、生徒たちに伝えたようだが、犯罪者と言いきってしまうには少し謎が残るその〈変なやつ〉が、正体不明の登場人物として、学校の周辺を徘徊している。まるで明治の文豪、幸田露伴の「五重塔」に出てくる徘徊者のようだ。

その〈唾おじさん〉の欲望は、子供には理解し難く、そのおじさんも、それを熟知した上で、そのように演じているようにも思える。いったい子供の唾を、なぜ求めるのだろうか。百人の子供が、いっせいに唾を飛ばし、それを浴びたら、若き王子様にでも変身できると思っているのかもしれない。ともかくそのおじさんを捕まえたくなった。捕まえたら、僕の唾をあげたい。

そこで、唾をズルズルあごまで垂らした。

あの道に立つ「おばさん」

自転車で、あの小学校前の道を通った時、あなたが立っておられないので、ちょいと淋しい気になりました。

あれは三年前になりますか、下の男の子がまだ小学二年生で、下校時間の午後三時頃にそこを通る時、いつもあなたに手を振られたと言っておりました。ミドリのスカーフのおばさんと彼はいい、帰り道に長話をしたこともあったそうですね。

車道の片側に立って、あなたは、下校する子らに気を配ってくれていたのですが、一度、その場所でなく、中央線のごった返す駅でも彼と会い、待ち合わせた場所を彼が勘違いしており、その駅の中の正確な場所へ案内してくれたこともありました。

それにしても思い出すのは、三年前のあの小学校界隈であったことです。

通称「つばき男の件」と言っておりますが、帰る小学生の前に立ち、一人の男が空の牛乳びんをさし出して「あなたのつばき下さい」と求めるのです。

そのような男の要求に巻き込まれないようにと、先生からも指導があり、生徒たちは、帰り道に細心の注意を払ったようです。

あなたが地区委員として選ばれ、下校時にその道に立ったのは、その頃ではないでしょうか。彼が帰り道に長話をしたというのは、その時のことです。

「その人は、なぜ、つばきをほしがるの？」と聞くと、あなたは「うーむ」と言ったきり、ただ首を曲げたというじゃないですか。

「おばさん、その人を見たかい？」とまた聞くと、「視界には入ってるんだけど、こいつだと確認できないの」とも言った。

「つばきをあげたら、どうなるのかねぇ」との怖い問いには、「ぜったいあげてはだめよ。おばさんのを取れって言ってやるから」と、あなたは、口中のつばきを、ベロで少し唇から押しだしてみせた。

その男は見つからず、正体はどんなのか分らないまま終わりましたが、あの道を通ると、三年前の彼とあなたの会話が、まだ続いているように思えます。どこか重たい、この尻切れトンボの噂男と、その余波は、あなたの登場によって、ゆっくりと遠ざかっていきました。だからこそ、あの道に立つあなたをまた見たいと願うのです。

澁澤龍彦さんの思い出

夜中に舞踏家の土方巽さんから「今、澁澤がうちに来ている、すぐ来いよ」と電話があった。まだお会いしたことなく、澁澤龍彦という名は、お茶の水の本屋の棚に、また土方さんの〈バラ色ダンス〉のポスターに、飄然と片膝立てて座る写真のほか、近くに感じたことなかったから、あわてて、会ったらマルキ・ド・サドの思念についてどう触れたらいいのだろうか、こちらの口籠る短所を見破られたらどうしよう（オトコがもつか？）などと駅まで歩いた。が、目黒まで行く電車はもう終っており、タクシーで行くしかなく、財布（がまぐちだな）を覗くと、すれすれの額しかない。そこで乗ったはいいものの、メーターの額を見つづけ、足りる目黒駅手前の所で停めてもらった。

こんな次第で電話をもらってから一時間半も待たせてしまった。

お二人はウィスキーをグラスに注ぎ合っていた。割ったぶっかき氷が大きすぎてグラスに入らない。それが程良く溶けるまで片手のひらに載せようとする土方巽さん……それを見て、蒼い龍の児の澁澤さんが言った。

「そうしてまた、日常生活を踏み踊っているな」

と言い、自分のグラスにのり余る氷は、壺に戻して、生の酒液をグビと飲みこむ。そして目線はこちらに向いた。

「きみはどういうもの読んでる？」

「はい、田山花袋と葛西善蔵を少ゥし」

「日本文学者か？」

「いえ、芝居をやっている者です」

「じゃ、芝居をやっている者は、何を読んでいるの？」

うなだれてしまった。ここのところ、これというものを読んでいない。

「じゃ、なにを見てきた？」

と土方さんが間に入ってくれた。が、この問答はもっと難解であり、相手を納得させるものを展開するのは、ひやひやの綱渡りである。何を見てきたかの何を、どこに絞るかで決まり、その目の探り、配慮を土方さんは聞きたがっているわけだが、これを何日か前に訪ねてきた客人に吹っかけて、出てきた答に対し、「それが話か」と言って酒を片付けてしまったことがある。それが今度はこちらにきたわけだ。

「青森の八戸に行ってきました」

まだ一週間前のことである。これだと土方さんも、それが話かというわけにはいかない。八戸行きは、土方さんの舞踏事務所を介してやった〈営業〉部門の仕事であり、食べられません、家賃も払えないので何か良いアルバイトないでしょかと泣きついた僕に、〈踊れない君にできる仕事〉はこれしかないぞと紹介してくれたのがそれであった。

金粉ショーダンサー。地方のキャバレーに行き一晩三ステージをこなす。一ステージが三分で、ポピュラーな曲「タブー」が鳴っている間、構えて立ち、しゃがみ、トイレの方に向かって走る、また戻る、この間、パンツ一枚の裸に、キッチンからもらってきた天ぷら油で溶かした金粉の皮膜べったり塗ったものを一滴ともこぼしてはならない。ホステスさんらと客は、これ見て「死ぬ、三分しかもたないんだって、皮膚呼吸できないから……」と囁《ささや》き合う。体の心配がショーとなる。そうした体験を元に、土方さんの何を見てきたかの話に繋げなければならない。

「終って、キャバレー所有のアパートで夜は寝ます。そして朝になり、もっと寝ていたいのに、必らず起こされ、そこにも居られなくなってしまうものが、階下から響いてくるんです、それは〈お化けのキュータロー〉という曲でした」

「知らん、そんなの」

と土方さんは言われた。なので、土方さんに向かってちょっと口ずさんだ。「ぼくは、お化けのＱ太郎ぉ」。が、どうしたの声がとんでくる前に先をつづけた。

「居たたまれずに、なぜか水が見たくなりました、で、外を駈けても水道の蛇口もなく、お化けから、金色の裸仕事から逃げたくなって、水らしいものをさがすと、ドブ溝しかないんで、そのドブ底をじっと見下ろしてました。次にドブからも離れて、バスに乗り、海を探そうとしました。でも、八戸は初めてで、海がどっちの方にあるのか分らず、運転手さんに聞くと、あの林の向こうと指さしてくれ、そこで途中下車さしてもらったんです」

そこで話はくぎれた。林を抜けて海の前に立った。波頭を目に焼きつけて、波音も何度もこだまさせた。そしてバスを降ろしてくれた所へ戻ったが、一時間待っても来ないので歩いて〈おばキュー〉の聞こえる所まで帰ったのだが、その脈絡は話すこともないと長い間《ま》をつくってしまった。と思うと急に、スティーブンスンの「宝島」に出てくる海賊の唄を歌ってしまった。

「死人箱にゃ　七十四人
それからラムが一びんと」

澁澤さんは、いつか箸でグラスを叩いて音頭をとってくれていた。それから、そんな夜から三ヶ月後の六月（一九六六年）に、新宿の小さな貸し小屋で「アリババ」という芝居をやった時、澁澤さんが初めて観に来られた。その舞台の印象を秋の芝居「腰巻お仙」のポスターにこう書き、載せてくれた。

「しかし、わたしの見た限り、『状況劇場』の芝居は、お伽草子の現代版のようにリリカルで、お祭の見世物のようにノスタルジックで、場末の衛生博覧会のように無気味である。胎児の恐怖、親なし子のさすらい、永遠のさすらい……。『状況劇場』もまた、古くてしかも新らしい、日本の土壌に生まれた親なし子のように、超前衛の道を永遠にさすらって行くことだろう。」

今でもあの箸の拍子が海音を連れてくる。

跋

父のこと

大鶴美仁音

きみ知るやかの山、雲の通い路《かよじ》を。
霧のなかに、騾馬《らば》は道を求め、
ほこらには、年老いし竜の住み、
岩はそびえ、滝はあふれ下《くだ》る。
きみ知るや、かの山を。
　かなたへ、かなたへ、
おお、父よ、われらが道を、ともに行かまし。
――ゲーテ『ヴィルヘルム・マイスターの修業時代』山崎章甫訳（岩波文庫）より

＊

私はこれまで、ひとりの天才と一緒に暮らしてきた。だが、天才というのは必ずしも幸せに恵まれているわけではない。

天才の名は、唐十郎という。

私はその一人娘、美仁音。ゲーテの『ヴィルヘルム・マイスターの修業時代』に登場する「ミニヨン」から名付けられた。

二〇一二年五月二六日、朝。私は母のすさまじい叫び声に叩き起こされた。

眠りを引きずる不明に、ズシリと嫌な予感がよぎった。布団を蹴り上げ、もたつく足で階段を一気に駆け降りる。家の外へ飛び出ると稽古場の玄関先、父が仰向けに倒れていた。

「救急車を呼ぶからっ、そこにいてっ!」

電話に走る母の顔が、真っ白だった。起きがけにコトの重大さを把握しきれない私は放心して、側溝に尾を引く赤黒い液体を茫然と眺めた。

瞬間、心臓が凍りついた。それは、倒れた父の頭蓋から流れ出る鮮血だった。血走った眼をカッと見開き、身動きひとつしない。私はアスファルトにゴトリと置かれた父の頭を持ち上げ、右手のひらで後頭部を抑えた。小さいが重たい頭だった。

息が止まっていた。このまま死んでしまうのか。絶望的な気持ちが襲ってきた。父の頭上に跪《ひざまず》き、私はそのどうしようもない妄想を振り払おうと必死に声をかけ続けた。見開いたままの眼が乾いていく。左指先でその目蓋を無理やり閉じさせた。父が「ふ〜、ふ〜」と息を吹き返したのは、そのときだ。

「パパ!」

私の胸に希望が湧いた。

「パパ!」

もう一度叫ぶと、応えるようにうっすらと目を開けた。だがその視線は焦点が合わず、ぼんやりしている。そして父は、眉間に皺を寄せひとこと、「頭が痛い」と呻《うめ》いた。

父が倒れたとき、母は台所に立っていた。突然、スイカがグチャと割れたような音がしたという。家のなかにまで聞こえる大きな音だった。脳挫傷。私の手のひらにある父の頭は外傷を負い、脳細胞が壊れかけていた。その衝撃と混乱は「頭が痛い」では済まされないはずだった。しばらくすると、すぐそばに住んでいる劇団員が駆けつけ、周囲を取り巻いた。近所の人たちも混じっている。おそらく生死を彷徨《さまよ》っているに違いない父は、いきなり私の腕を掴んだ。その握力は激しく、痛いくらいだった。そして、渾身の力を籠め起き上がろうとする。この期に及んでまだ人眼を気にして強がろうとする父に、哀しみと腹が立った。

「動かないでっ！」

あのとき、確かにそう叫んだ私は、思う。頭皮の裂け目から鮮血を滴らせながらも立とうとした父は父ではなく、すでに、唐十郎だった。

私の右手のひらに、逆さまになった唐十郎の顔があった。鉄と酒のにおいがした。指と指のあいだを伝う生温かい液体は、ドロッとした感触からパリパリと乾いていくようだった。小さいが重たい、天才の頭。

やがて、父は救急車に乗って病院へ運ばれて行った。主を失った私の右手は、ずっと痺れたままだった。

私は小さいころから母や先生の言うことを聞かず、道端に落ちている木の葉をボーと眺め、その声を聞こうとする変な子だった。内気なくせに劇団員のお兄さんやお姉さんにワガママを言い、一度思い立ったらすぐに行動を起こしてしまう。妄想を現実とカン違いして木に登る塀を渡る、何度も落ちてケガをする。しかし父は、そんな私の奇行を叱るどころかいつも褒めてくれた。

小学校一年のとき、小笠原へウミガメの孵化を見に行ったことがある。私は孵化したばかりの一匹を捕まえ、手に取った。母はすぐに放せと言ったが、父はドングリ眼を輝かせそれを自分のポケットに入れてしまう。そして一晩ホテルの部屋で飼い、翌日、鳥に食べられないよう祈りながら、海へ返した。晩ごはんのシラスにタツノオトシゴが紛れているのを私が見つけると、父は大喜びして書斎に飾った。トランポリンで遊んでいて頭をぶつけると、父は「大丈夫か」と心配するより先に、私にぶつかった障害物を叱り飛ばした。そんな現実の一場面一場面が、父にとってはすでに芝居だったのだと思う。

やがて中学生になると、私は父の戯曲を読むようになった。『唐版・風の又三郎』『少女都市からの呼び声』『泥人魚』……。たった一文で胸に迫ってくるセリフの数々。詩的でグロテスクな猥雑のなかから、美しい世界が立ち上がる。ふつうなら反抗期に至る年頃になって私は、唐十郎のファンになった。

だが私は、そんな永遠の少年みたいな父だけを見てきたわけではない。その苦悩もたくさん、たくさん見てきた。とくに父が脳挫傷の大ケガを負うまでの四、五年は、見ているのもつらいほどに苦しみ、もがいていた。正直、いつか、近いうちに、何かひどいことが起こるのではないかと思っていた。

事実、父はどこでどうしたのか、よくケガをして戻ってきた。病院に担ぎ込まれたことも一度や二度ではきかない。しかし、いつもケロッとして「ミーちゃん！」と私の名を呼び、何事もなかったかのように帰宅した。

父を乗せた救急車が去ったあとも、また明日、あるいは数日で帰ってくるのではないか。私には、唐十郎ゆずりの妄想がすっかり身についていた。きっと、大丈夫。「ミーちゃん！」。その声を願わずにはいられなかった。

しかし、実際に父が家へ戻ってきたのは、八ヶ月もあとのことだった。

＊

本書に収められた小説や随筆もそうだが、父の作品に登場する人物は、誰もが見過ごしがちな小さなものへ異常に執着する。日常生活ではほとんど必要とされず、失われていく一方の事柄に父は、ダイヤモンドの輝きを与えようとした。

父とフィギュアスケートを観たとき、私はその華麗なスピンに目を奪われた。回転スピードが徐々に上がっていって、頂点へ達する。感動して拍手を送る私の横で父は、選手の演技よりも、スケート靴の刃で削られた氷を凝視していた。そして「あの足許の氷で、氷イチゴが何杯できるかな？」と言った。

そんな父の視点は創作においても一貫して、世間や社会の犠牲になり打ち捨てられたものに注目する。紙芝居やオルゴール、腹話術人形、受精をうながした試験管、使用済みの生理用品、移植された臓器の記憶、木造モルタル造りの畳間、銭湯、空地、ガード下、肉体労働者、傷痍軍人、癲癇持ち、枚挙にいとまがない。効率ばかりが優先される現代からこぼれ落ちた登場人物は、自分だけがこだわる物事に妄想をふくらませ、生きる。

父は戯曲を書くとき、決まって取材に出かけた。取材と言ってもどこかうらびれた街を選んで歩き、行き当たりばったりで住人に話しかけネジ工場を覗きブリキ職人から話を聞いた。それを罫線のない大学ノートに細かな文字でびっしりと書き綴る。家へ帰ってくると今度は劇団員を呼び出し、焼酎を呑みながら取材先での出来事を話すのが常だった。それは単なる取材の報告ではなく、まるで異国の秘境に赴き危険な冒険をしてきたかのような物語だった。劇団員の誰かが「唐さんはああして話し聞かせているうちに、自分のなかで戯曲の構成を組み立てているんだ」と言った。

書きはじめるのは必ず早朝だった。夜は書かない。コーヒーとチーズを口にするだけで食事は摂らず、何時間も二階の書斎に籠もる。そんなときはドアの外まで殺気が滲み出た。

子どものころ、遊んでほしくて父が書いている書斎に行くと、二度までは笑ってあしらわれたが、三度めに邪魔をしたとき、カミナリが落ちた。爆発した怒鳴り声とともにゴミ箱が吹っ飛んできて、書き損じ丸められた原稿用紙が散乱した。階段の下から望んで見れば、地獄の門番のような形相で父が仁王立ちしている。そのとき私は幼心にも、父が書斎に籠もっているときは絶対に話しかけちゃいけないんだと覚った。

あたりまえのことだが、書斎に籠もって書いている父は、唐十郎だった。それは戯曲が仕上がるまで続く。

夕方になって筆を止めるとみずから買い物に出て、晩ごはんをつくった。父はとっても料理がうまい。父がつくったごはんで不味《まず》かったことは一度もない。得意料理は肉野菜炒め、ゴーヤチャンプル、魚の蒸し焼き。と言ってもべつに決まったレシピがあるわけではなく、その都度自己流の妄想料理。買い物の段階できちんと計画を立て、真剣に煮炊きする。すなわち戯曲と同じ創作の延長であって、父が料理をしているときはおいそれと台所にも入れない。もし家族の誰かが誤って電気を消してしまったり、不用意に話しかけたり通りざまに身体へ触れようものなら、神経質に怒り出し禍々《まがまが》しい殺気を放つ。料理する父も、唐十郎だった。

そんな日々が、だいたい二週間ほど続く。短いときは一週間、長くてもひと月はかからない。そうして誰知れずいつのまにか、戯曲を書き上げる。

新作が完成すると、唐十郎は二階の書斎から一階の稽古場へ舞台を移し、劇団員による台本《ほん》読みがはじまる。妄想が実体となって立ち現れる瞬間だ。そしていつも、戯作を終えた父は涙を流した。

『泥人魚』の一幕の終わり、ヒロイン・やすみが足に鱗のつもりでつけた桜貝に、「喉が渇いた」と言ってジョウロから水を垂らす。役者の口からそのセリフが出た刹那、父は「いいよなぁ」と言って顔をくしゃくしゃにした。また、『闇の左手』の主人公・ギッチョが、他人《ひと》にリストカットさせるためにある義手を大切に扱うシーンや、それを壊されてしまう場面では、悔しさと悲しみに打ちひしがれて「こんな執着ってあるか?」「こんな醜いことがあっていいのか?」とポロポロ涙を流した。

きっと、父の頭のなかでは、それらのシーンが完全なドラマとなって再現されているのだ。さらに、戯作から離れ、今度はそれが肉声となり、役者の肉体を伴って立ち現れるとき、個の妄想は一気に具体化する。強く抱きしめていた内なるものが目に見えるかたちで表現され、そこに愛おしさを抑えられないのは、すでに戯曲となった妄想が、父を離れて世界に解き放たれるからだと思う。

その意味で、父は、完全に分裂している。ただの自己愛だけでナルシスティックな涙を流しているのではない。自分の裡にある妄想と、自分の外に具現したドラマは、いずれも同じ作者から出発したものであっても、父にとっては別物なのだ。

だから父は稽古の最中、自分が書いたはずのセリフに疑問を抱いたり、登場人物の行動に驚いたりすることが少なくない。台本を書いた本人から「なんでそんなことを？」と訊かれても、演ずる役者のほうは困ってしまう。そんなとき稽古場はシンとするが、劇団員全員から「あんたが作者だろ！」という無言のツッコミが入る。

父はそんなふうに自作の戯曲を深く愛しながらも、一方で、ときに誰か他の人が書いたもののように接した。戯作者であり演出家であり役者である父は、それぞれに分裂した唐十郎だった。

＊

父の公演当日は、家でのお弁当づくりからはじまる。シンプルな曲げわっぱの弁当箱に手製の肉野菜炒めと白米。白米の上には明太子を丸々一個、乗せる。母は父の体調を気遣ってあまり塩気の多いものを食卓に出さなかったが、公演の最中は自分の好きなものだけを持って行きたいとの習慣だった。

一九時の開演に向けて父は、いつも一三時には現場入りする。劇団員と音響のチェックをしたり、お客さんの入りによってはテントの張り方を変える。必要な打ち合わせを終えると座長専用のディレクターズチェアに身を沈め、しばし妄想にふける。とくに新宿花園神社は盛り場に近いので、大声ではしゃぐ集団がしばし紅テントを冷やかすこともある。そんなとき父は劇団員に様子を見に行かせ、何かあったときに備えて臨戦態勢を整えた。もう芝居ははじまっているのだ。

そんな父が公演前に必ずすることは、神社へのお参りだった。鈴を激しく鳴らし、拝殿に圧力をかけるかのように深々とお辞儀する。陽が暮れるころ顔にドーランを塗り、最後に細いヒゲを引く。そしていつものだぶっとした白いジャケットを羽織ると、父は役者・唐十郎になる。遅くとも開演一時間前には準備を整え、あいさつに訪れる親しいお客さんをあくまで役者として迎えた。

一八時三〇分、外で劇団員による客入りの声が上がる。唐十郎はその様子を紅テントの隙間から窺う。あとは黙ってイスに座り宙空を見つめる。そうして自分のテンションを高め、集中する。緊張しているようには見えない。ただ、一切話しかけるなという硬いオーラを発散させた。戯曲を書く父、料理をつくる父、演出をする父、芝居をする父、いずれも分裂した唐十郎だが、その殺気は共通している。

私が父とはじめて共演したのは舞台ではなく、映画『ガラスの使徒《つかい》』だった。「ミーちゃんにも役を書いたから、よろしくねー」と父は言った。監督の金守珍さんとはすでに親しくさせていただいていたので、「うん、わかった」程度の返事だったと思う。撮影中父は何も口出しせず、私の演技を真剣なまなざしで見守ってくれた。そのとき私は中学校一年で、役者になろうという気持ちなどこれっぽっちもなかった。

四年後、高校二年になった私は深夜たまたまつけたテレビで、舞台『ジャガーの眼』を目にすることになる。一九八五年、状況劇場の花園神社公演を収録した再放送だった。

それまで何度も父の舞台は観ていたが、ここまで衝撃を受けた作品はなかった。番組を観る前と後では、何かが確実に変わっていた。白いカッターシャツを着て花道から颯爽と登場する少年・ヤスヒロに、私は心を奪われてしまったのだ。父にそのことを話すと、「そうか、じゃあ出てみるか」と言った。そうして『ジャガーの眼・二〇〇八』は劇団唐組の秋公演の演目に選ばれ、私は女優を目指す覚悟を決めた。

その後、『黒手帳に頰紅を』『ひやりん児《こ》』に出演し、父と同じ舞台に立った。しかし、家でも稽古場でも演出家と役者の関係を続けるのは、正直、キツかった。演出家・唐十郎に分裂したままの父と毎日をずっと過ごすのは、いつ爆発するやもしれぬ神経質な怒りと常に対峙しなければならないことを意味した。禍々しい殺気をいつも感じて、気を抜くいとまもない。仕事以外で家にいるときは「パパ」と「ミーちゃん」、父と子の関係でいい。父は七一歳になっていた。

脳挫傷を負う一年前、父は毎日のように深酒をし、医師からいくつもの薬を処方されていた。何か持病があったわけではないが、酒と薬に頼らなければ文字どおり生きていけないような悲壮感を漂わせた。

『ひやりん児』の舞台では、医師から「心臓に負担がかかるので水に浸かってはいけない」と強く言われていた。しかし、いざ本番がはじまると、舞台上に設置された水槽を獲物のように睨みつけ、後悔は何もないと勢いをつけて水のなかへダイブした。そしてしばらく全身で水を浴びながら、その感触を確かめ、客席を挑発するようにニカッと見栄を切った。

生きている。父は実感したに違いない。生きている。命を賭けて舞台に臨み、演じきること。それが役者・唐十郎の肉体であり、鉄則であり、これまで走り続けてきた矜持だった。

そのとき私は、すでに唐十郎の娘ではなく、舞台袖に控えるひとりの役者だった。娘であれば、どんなことがあっても、それを止めただろう。しかし、誰が何と言おうと、唐十郎は水に飛び込むことを止めなかったはずだ。私は、ずぶぬれの唐十郎を見ながら、この人は舞台上で死ねたら本望なんだなと思った。

＊

父は稽古が終わると必ず劇団員と酒を酌み交わした。しゃべり続け、車座を笑わせ、歌い出したら止まらない、海賊の船長みたいな座長だった。でもその豪快さは、じつは怖がりできわめて繊細な性格の裏返しでもあった。

舞台では汚物や刃物をよく使うのに、ふだんは潔癖で尖端恐怖症、稽古場の掃除や整理整頓は言わずもがな、仮組みした舞台装置の角先《かどさき》にも布を巻いた。劇団員が段ボールやベニヤをカッターで切るとき、その刃を見ただけで蒼ざめケガをしないかと戦慄する。台本をバサリと落としただけで過敏に反応し、誤ってコップを割ってしまおうものならその何倍もの音量でカミナリが落ちる。においにも敏感で、とくにマニキュアのシンナー臭を極度に嫌い、少しでも察知すると不機嫌に怒り出した。

そうした地雷を踏まないよう劇団員は、いつも気を遣った。しかし、地雷はどこにあるかわからないから地雷なのだ。それを踏まないためには、座長・唐十郎以上に周囲へ目を配り、神経を尖らせておかなければならなかった。

デジタル機器にめっぽう弱い父は、パソコンやケータイには手も触れず、書くときはいつも万年筆に青インクだった。完成した戯曲は劇団員が台本に起こす。稽古は厳しい。演出上のダメ出しはもとより、役柄の解釈をめぐって役者の理解が浅いと徹底的に質す。不満が頂点に達すると父は稽古を止め、しばらく外で頭を冷やした。役者はそのあいだに一所懸命、演技を工夫しようと苦闘する。しかし、芝居ができるようになると、今度は徹底的に褒めた。それがうれしい。

劇団員へ異常に気を遣わせる一面と、劇団員に対して過剰なサービス精神を発揮する一面と、酔えば人格が変わって強がってみたり甘ったれてみたり、不思議なカリスマ性を持った座長・唐十郎は、アメとムチの使い分けがとても上手だった。

そんな父にとっていちばんつらい出来事は、手塩にかけて育てた劇団員が退めていくときだった。多くは手紙を置いて、去っていく。私の知る限り、父はそれを読もうとはしなかった。退団した事実を知り稽古場から戻ってくると、父は母に「退めたようだ」とだけ言って口をキュッと結び、ひとりでテレビ画面を睨みつけた。でも、テレビなんて見ていないのだ。何も訊くなという雰囲気を醸し出し、険しい表情で黙りこむ。後悔か無念か、言葉にならない気持ちを抱えた父は、淋しそうな背中をしている。ただ、一度たりとも、退めていった劇団員の愚痴を聞いたことはない。

以前は、劇団員の特徴を摑んで役柄を決めるとき、先の公演では主役、今度の公演では端役といったように自在にアテ書きしていたものを、父はそれをほとんどしなくなった。きっと、セリフや出演シーンが少なくなったという理由で、何人もの有能な役者が劇団を去っていったからだ。劇団員のまえではカリスマ性を持った大きな存在であっても、戯曲のプランを練るうえでは、自分の思いどおりの配役を考えるより先に、役者個々の立ち位置を尊重するようになった。

父は明らかに、劇団員が退めていくのを恐れていた。言葉にならないつらさは酒でも薬でも解消されることなく、知らず知らずのうちに神経を消耗させていたのだと思う。紅テントの座長・唐十郎のイメージはかたくなに曲げず、しかし誰にも言い出せない寂しさを胸に、じつはいま、ここにいる劇団員を何よりも大切にしたかったはずだ。私には痛いほどわかる。それでも、どんなことがあっても、父は、今度の新作こそが紅テントの最高傑作になるんだと、常に強い思いで芝居を生み出さなければならなかった。唐十郎の宿命だ。

その宿命は、衰えていく自身の肉体と、少年のままの精神に追い打ちをかける。肉体の衰えを支えるのは精神力であり、精神を支えるのは肉体の力だろう。脳挫傷を負うまでの四、五年、父は毎日、ひどく酒を呑むようになった。味わうのではない。ひたすら呑む。何も食べず、焼酎を鯨飲《げいいん》した。宿命のプレッシャーと必死に闘うのだ。酒はまるで、闘いのためのガソリンのようだった。


座長としても役者としても、あるいはマスコミにインタビューを受ける劇作家としても、父は自分の立ちふるまいや見え方にとてもこだわった。それは、長年培ってきた唐十郎という看板と芝居に、確固としたプライドを持っているからだ。その気構えを脅《おびや》かす最大の敵は、「老い」ではなかったかと私は思う。

母と劇団員は父の身体を心配した。そして、稽古場で、家庭で、父を相手に禁酒紛争が幕を開けた。

父の呑む酒は「いいちこ25°」。はじめはこれを多めの水で割って出す。すぐに文句を言われる。水攻めは効果がないとわかると「いいちこ20°」に替えてみる。酒に精通した父の喉はすぐにこれを見破る。「これ、薄いよ」。いよいよ母と劇団員は、稽古場にあるすべてのアルコール類を捨てる強硬手段に出た。すると今度は、戦場を稽古場から家に移し、焼酎サバイバル合戦がくり広げられた。

父は自分でこっそり焼酎を買って隠し持とうとする。対する母と私、弟・佐助の連合軍は隠された焼酎を目ざとく発見し、おたがい報告に当たる。その隠し場所というのも、愛用の鞄からコタツのなかまで神出鬼没、母は呆れかえり、どう禁酒させたらいいのか、とうとう頭を抱えてしまった。

酒を呑むとき、父は決まって自分が歌っている劇中歌をかけ、劇団員に飽くことなく芝居の話をした。昭和の熱い時代を回顧し、情熱を奮い立たせる。やがてベロンベロンに酔っぱらい、機嫌が良いとなぜかズボンを脱いで下半身を露出させ、トイレの便器を胸に抱えて倒れ込む。排水溝の奥に棲む失われた神様たちを呼び出し、なにやら相談しているようにも見えた。

だが、劇団員がすっかり帰ってしまうと、ひとり稽古場に残って、迫り来る敵を怒鳴り散らし怒り狂った。とても手をつけられる状態ではなかった。父はそこに何を見ていたのか。悪魔に取り憑かれた父は、みずからの肉体をもって「老い」に抗《あらが》っていたのか。激高し、重力に逆らう肉体を漲《みなぎ》らせ、目にものを見せようとしていたのか。

ただ、これだけは言える。父はそんなときでさえ、決して弱音を吐いたり悩みを打ち明けることはなかった。父は弱音も悩みもいっぱい抱えていたはずだが、それを口にしなかったのは、事実、できなかったのか、したくなかったのか――。

嵐のような夜が明けると、父はひどい二日酔いに苦しみ、気まずそうに小さくなっていた。

ひとりで遅い朝食にウインナーを黙々と食べている姿は、とても寂しそうだった。いつも多くの人に囲まれ、まぶしい表舞台ではたくさんの掛け声が上がっても、ふとひとりになれば、そこには残酷な現実がある。その落差は、絶頂の度合いが高ければ高いほど、底深い。それでも父は書き続けた。劇団を運営していかなければならない。止まることが、終わることが、怖かったのではないか。厳しい、孤独な闘いだった。

＊

天才とは何か？　天賦の才を持った人間を、多くの人は羨むだろう。しかし、父を見ていて思ったのは、天才とは悪魔から授かった能力なのではないかということだった。

若いころは自分でも信じられないくらいに妄想が妄想を呼び、言葉が洪水のように迸《ほとばし》ることもあったはずだ。悪魔の能力に追いつき格闘して、ついには打ち克つ肉体と精神は過剰でさえあった。しかし、七〇歳にさしかかろうとする父の苦悩は、決して幸せな結果を保証しなかった。やがて悪魔の能力は制御が困難になり、父は酒と薬と、我慢のならない激情とによって、これに打ち克とうとしたのではなかったか。夜中の二時三時に劇団員を呼び出したり、母を叩き起こしてわけのわからない罵声を浴びせ猛り狂った。その怒りの対象は誰でもない、自分の裡に存在する悪魔ではなかったか。

さらに狂気は昂じた。外で何があったのか、醜い大きな痣を顔につくって帰宅する。あれだけ怖がった刃物で自身の頭を傷つけ、泡喰って駆けつけた母に「痛いよぉ」と甘える。ある朝などは、血だらけになった父が稽古場で倒れているのを劇団員が発見したこともある。尋常ではない。しかし、病院から戻ってくればまた平然と酒を呑み、悪魔に挑んでみせるのだ。

父はもがき、苦しんでいた。

しかし、天才を助けることは誰にもできない。私はそんな父を見るのがつらかった。事実、家に帰らず、友人の家を転々としたこともある。だが、そのまま目を逸らせ続けるのには限界があった。いつ、父と顔を合わせるのが最後になるのか、私は覚悟しなければならなかった。

二〇一二年五月二六日、昼すぎ。父の頭を支えていた右手の痺れが、ようやく治まりかけたころだった。

「いますぐ、病院に来て」

母から電話が入った。とても澄んだ声だった。

慌てふためく様子もなく、かえってそれがズシリと嫌な予感を呼び覚ます。私はこれから、父の最期を見届けに行くことになるかもしれない。すぐさま家を飛び出し信濃町、慶応義塾病院へ向かった。

父は集中治療室（ＩＣＵ）に運ばれていた。重度の脳挫傷を負い、本来なら生命と引き換えになるレベルの手術を受けなければならなかった。だが、父は脳梗塞の予防のために医師から処方されて、血液をサラサラにする〈ワーファリン〉という薬を常用していた。ＩＣＵで父を診た担当医は、「もし手術をして出血が止まらなかったら、確実に生命を落とすことになります」と説明した。

母は、父の命を第一に考えた。その条件は、生命の危険が回避され、運よく治癒したとしても、後遺症が残ることは免れないというものだった。

いずれにせよ、ICUへ入ったこの一週間が、生きるか死ぬかの勝負であることに変わりはなかった。

私には、どんな一週間よりも長い、七日間だった。

父を見舞う以外には何もできず、もどかしい日常を過ごすしかない。大学へ行くと友人が新聞か何かで見たのか、「ミニオン、お父さん大丈夫?」などと話しかけてきた。心配して言ってくれていることはわかる。わかるのだが、その言葉の虚しさに行き場のない憤りを感じた。エチュードの演習でも、いつもなら参加するところを教室の隅で膝を抱え、友人の演技を漫然と眺めるのが精いっぱいだった。何も食べる気が起こらず、それでも空腹に耐えかねて口にしたものは、すべて紙の味がした。

ICUの決まった時間に見舞いへ行っても、父はいつも静かに眠っていた。眠っている顔を見つめ続け、帰途につく。すべてが宙に浮いている。何も確かなことはない。これから私はどうしたらいいんだろう。

もし、は考えたくなかった。でも、もし何かあったら、私は大学を退めて働こう。そう考えると、職業選択の余地はなかった。私は父の一人娘であり、唐十郎に女優の扉を開けてもらった人間なのだ。女優として、売れなきゃいけない。私にできるのは、祈ることだけだった。

一週間。

白く、狭い部屋だ。消毒液のにおいのなか、機械類が整然と並んでいる。窓は閉め切られ、垂れ下がったカーテンは微動だにしない。重病人だけが収容されている、閉鎖的で無機質な空間。父は頭部に包帯を巻き、酸素吸入器のマスクを顔に乗せていた。眠っている父を見続けて、ＩＣＵを出ようとしたときだった。

父が目を醒ました。ベッドの上の肉体はぼんやりしていたが、その目が、しっかりと私を捉えた。左手を少しだけ上げ、小さく振った。生きている。堪《こら》え切れず、私はボロボロ泣いた。

父は、生き延びたのだ。

それから父は、やっぱり化け物なみの生命力をもって、八ヶ月という長い入院を経て家へ帰ってきた。右手を動かすのも歩くことも困難で、会話もあまりできないような状態ではあったが、お酒と煙草を完全に絶ったせいか、顔の血色は以前よりずっと良くなり、肌も艶《つや》やかになっていた。

退院してからの父は、ほぼ毎日リハビリに出かけている。足腰を鍛えるため、日に数時間の散歩も欠かさない。またよく食べるようにもなった。母の考え抜かれた健康的でスタミナがつく料理を、野菜も肉も、魚なら骨がピカピカになるまでキレイにたいらげる。最近は脳の専門医で回復トレーニングにも取り組み、退院した直後には考えられなかった余裕も生まれた。劇中歌をちょっとしたステップを踏みながら歌ったり、戯曲をひとりで何役もこなしながら読んだりしている。

とくに驚いたのは、公演中に紅テントへ行くと、とたんに顔つきが座長のそれへ変化しシャキッとすることだ。足取りも散歩のときより軽く、にわかに活気づく。あいさつに訪れる親しいお客さんに、「おぉ！ 久しぶり。今日はありがとう」と急に腹から声を出す。楽日のカーテンコールでは、父が舞台に上がり一同でお辞儀をして終わるはずが、落ち着き払った声で「またお会いしましょう」といつものセリフを言ってのけた。客席の奥で舞台上の父を心配して見守っていた母と私は、思わず顔を見合わせた。大脳に大ケガを負っても、肉体は憶えているのだ。血は、眠るどころか騒ぎ出し、父は唐十郎になる。

しかし、もう、父と唐十郎は、烈しく分裂することはない。悪魔は、去ったのだ。

どんな天才も老いる。誰だって人間であれば歳をとり、衰える。だが父は、その宿命と真っ向から闘った。鬼気迫る姿と残酷さを嫌というほど思い知らされた。

父は事実、大ケガを負った。大きすぎる代償だった。

たぶん、唐十郎が何かを生み出すことは、もうない。新作を楽しみにすることも、舞台の上で暴れまわる姿も、叶わなくなってしまった。しかし同時に、家族や劇団員がこれまで蒙《こうむ》ってきた嵐は二度と、荒れ狂いはしない。何より、父は生きている。悪魔に挑むことも宿命に苦しむこともやめ、ずっと親しんできた妄想の世界で生きている。そしていま、紅テントで、稽古場で、家庭で、日常の端々で、瞬間的に冴え渡った純粋な唐十郎が顔をのぞかせる。

それでいいのだ。演劇史上に残る幾多の作品を生み出し、紅テントの伝説を数多く刻んで、唐十郎の為したことに影響を受けた人がどれだけいることか。この本にしても、そんな見知らぬ人からある日、長い手紙が届き世に出ようとしている。もう十分だ。唐十郎には、血が繋がっていようといまいと、世代を超えて本当にたくさんの子どもたちがいる。あとはゆっくりと、見守ってくれるだけでいい。

これからの父の仕事は、母に与えた数々の苦痛を和らげることと、劇団員と紅テントを最後まで見届けることだ。そして私は――。

私は、父がくれたたくさんの感動に、恩返ししたい。女優としての活動を見届けてもらいたい。今度は私と弟、美仁音と佐助の番だ。だから、まだ死なないで。妄想の世界に閃《ひらめ》くものがあったら、耳もとでそっと、ささやいて。

＊

今年も、春と秋に、紅テントは翻る。

紅テントを建てるときは、劇団員やスタッフ総出で作業をする。朝、トラックに積み込んでから、夜、舞台の設営が整うまで、丸一日かかる。紅テントの大黒柱とでも言うべき支柱を掲げ、その地面に最初のペグを打ち込むのは、座長・唐十郎の仕事であり、儀式だった。

紅テントは、子どもだった私にとって、ゾクゾクするような冒険の場だった。たった一枚の布は、外界と内界を隔て、現実と非現実を切り裂く魔法の膜だ。芝居がはじまると、紅テントの内界は非現実の度合いをどんどん濃くしていく。私はそのスペクタクルに夢中になり、妄想の世界へ飛ばされているような気持ちになった。そして最後、究極にまで濃縮した内界の非現実は、屋台崩しによって翻った紅テントの向こう側、外界の現実へと一気にあふれ出し、奔流する。

芝居のない平日には、劇団員が交代でテント番をする。昨晩、あれだけ熱気に満ちた紅テントは静かで、不思議と心が落ち着く居心地のいい場所だった。いつか、紅テントが建たなくなる日が来たとしても、私はあの空間を絶対に忘れないだろう。

私はもともと、人前でしゃべったり何かして見せることが、大の苦手だった。それがいま、実際に舞台へ立って、ついぞ感じたことのなかった興奮を味わっている。父が、唐十郎の作品が、私の人生を変えたのだ。それは私の、一生の宝物。父は、私のヒーローだ。

二〇一五年二月一一日、父は七五歳になった。

初出

ダイバダッタ	「野生時代」一九九五年一一月号
閉所快楽症	「文藝」一九九〇年二月春季号
階段	「文學界」一九八七年一〇月号
ぼやき	「表現者」二〇一二年一月号
宿なし	「文學界」一九八七年一二月号
メダカ	「表現者」二〇一一年一一月号
ガラスの胎	「文學界」一九八七年八月号
馬小屋	「表現者」二〇一二年三月号
わが街わが友	「東京新聞」二〇〇〇年一二月一日〜一五日
紫の煙	「週刊文春」一九九五年七月一三日〜八月三日号
昔の水	「朝日新聞」二〇〇一年四月二四日
五十秒の変身	「新刊ニュース」二〇〇四年六月号
唖おじさん	「朝日新聞」二〇〇一年四月二七日
あの道に立つ「おばさん」	「朝日新聞」二〇〇五年四月二三日
澁澤龍彦さんの思い出	「一冊の本」二〇〇七年七月号

唐十郎（から・じゅうろう）

一九四〇年東京生まれ。明治大学文学部卒業。劇作家、小説家、俳優、演出家、劇団唐組座長。

一九六三年、劇団「シチュエーションの会」結成。翌年、劇団「状況劇場」旗揚げ。『ジョン・シルバー』『腰巻お仙』シリーズ、『少女都市』『吸血姫』『二都物語』『ベンガルの虎』『唐版 風の又三郎』『糸姫』『河童』『女シラノ』『ジャガーの眼』など数多くの作・演出を手掛ける。八八年、劇団「唐組」結成。『電子城』シリーズ、『セルロイドの乳首』『透明人間』『ビンローの封印』『匂ひガラス』『水中花』『糸女郎』『鉛の兵隊』『夕坂童子』などの作・演出を手掛け、春と秋、年に二度の紅テント公演を継続。また九七年、横浜国立大学教育人間科学部教授に就任後、学生らによって劇団「唐ゼミ☆」発足。二〇〇五年より近畿大学文芸学部客員教授、一二年より明治大学文学部客員教授を務める。

一九七〇年『少女仮面』で岸田國士戯曲賞。七八年『海星・河童』で泉鏡花文学賞。八三年『佐川君からの手紙』で芥川賞。二〇〇三年『泥人魚』で鶴屋南北戯曲賞、翌年、読売文学賞。〇五年、紫綬褒章を内示されるが辞退。〇六年、読売演劇大賞芸術栄誉賞。一二年、朝日賞。

著書に『特権的肉体論』『煉夢術』『少女と右翼 満州浪人伝』『ズボン』『幻のセールスマン』『魔都の群袋』『唐版 滝の白糸』『おちょこの傘持つメリー・ポピンズ』『蛇姫様』『調教師』『下谷万年町物語』『御注意あそばせ』『サンドイッチマン』『安寿子の靴』『マウント・サタン』『毀れた模写』『フランケンシュタインの娘』『さすらいのジェニー』『電気頭』『青春牡丹燈籠』『朝顔男』など多数。

ダイバダッタ

二〇一五年五月十五日　第一刷発行

著　者　唐　十郎
発行者　田尻　勉
発行所　幻戯書房
〒一〇一―〇〇五二
東京都千代田区神田小川町三―十二
岩崎ビル二階
TEL　〇三（五二八三）三九三四
FAX　〇三（五二八三）三九三五
URL　http://www.genki-shobou.co.jp/

印刷・製本　中央精版印刷

ISBN978-4-86488-068-8　C0093